당신의 인생을 반짝반짝 빛나게 해 줄 여섯 가지 '유'

여섯 가지 유를 가져라

여섯 가지
유를 가져라

당신의 인생을

반짝반짝 빛나게 해 줄

여섯 가지 '유'

김병완 지음

인생유유 _ 인생을 살면서 여섯 가지 유를 가져야 하는 이유?

"우리에게 주어진 인생이 짧은 게 아니라,
우리가 짧게 만들고 낭비한 것이다."

_ 세네카

그렇다. 우리 인생이 너무 짧다면, 또 그렇게 느껴진다면 우리가 그렇게 만들고 있고, 인생을 낭비하고 있다. 당신은 어떤가? 인생이 너무 짧게만 느껴지거나, 인생을 낭비하고 있다는 생각이 든다면, 이 책이 필요하다는 증거다.

당신은 여섯 가지 유를 가졌는가? 삶이 너무 빡빡하고, 하루하루가 너무 짧게만 느껴진다면, 그 이유는 여섯 가지 유가 당신의 삶에 없기 때문이다. 그러므로 이제 이 여섯 가지 유를 다시 회복하라. 그렇게 하면 당신의 삶은 어제와 달라질 것이다. 믿을 수 있을까? 최소한 이 책의 내용대로 실천한다면, 삶이 좀 더 행복해지고, 풍요로워질 것이라고 확신한다.

첫 번째 유는 무엇일까? 그것은 삶의 여유(餘裕)다.

당신의 삶이 허무한 것은 당신의 삶에 쉼표, 즉 여유가 없기 때문이다. 삶의 여유를 회복하라. 삶의 여유를 누릴 수 있다면 당신의 인생은 음악과 같은 삶이 될 것이다. 어떤 음악에도 쉼표가 없다면 그것은 소음에 불과하다. 당신의 삶을 소음처럼 만들 것인지, 아름다운 선율이 있는 음악으로 만들 것인지는 당신의 선택에 달려있다.

두 번째 유는 삶의 사유(思惟)다.

당신이 성인이 된 지도 벌써 한참이 되었다. 그럼에도 당신은 항상 방황하고 헤매고 길을 잃고 있다면 그것은 당신에게 삶의 사색, 즉 사유가 없기 때문이다. 당신에게 필요한 것은 행복과 성공과 같은 성과나 목표가 아니라 방향을 잡아 줄 수 있는 사유이다.

행복과 성공은 당신의 삶을 검증해 줄 수 없다. 검증되지 않고, 사유가 되지 않는 삶은 살 가치가 없다. 소크라테스의 이 말을 명심하라.

'검증되지 않는 삶은 살 가치가 없다.'

여섯 가지 유를 가져라

세 번째 유는 삶의 이유(理由)다.

현대인들, 특히 한국 사회가 안고 있는 가장 큰 문제는 자살이다. 세계에서 가장 자살률이 높은 나라가 한국이라는 불명예를 우리는 지금 안고 살아가고 있다. 자살률이 높다는 것은 그 사회의 구성원 중에 불행한 사람들, 고통이 너무 심해 이겨내지 못하는 사람들이 많다는 것을 의미한다.

그리고 그 이유는 바로 삶의 이유가 그들에게 빠져 있기 때문이라고 할 수 있다. 삶의 이유를 가지고 있는 사람은 어떤 환경에서도 살아낸다. 그것이 삶의 이유를 우리가 가져야만 하는 이유이다.

'왜 살아야 하는지 아는 사람은 그 어떤 상황도 견딜 수 있다.'

라고 말한 니체의 말은 옳은 말이라고 생각한다. '왜' 살아야 하는지, 삶의 이유가 있는 사람은 그 이유가 삶의 원동력이 되어 주기 때문이다.

우리가 살아가는 방법을 제대로 알지 못하는 이유 중에 가장 큰 것은 삶의 이유가 없기 때문이다. 우리는 철학자 니체의 또 다른 말을 통해 삶의 이유를 아는 것이 끝까지 살아내는 것과 마찬가지로 살아가는 방법도 알 수 있게 되는 길이라는 사실을 깨닫게 된다.

"삶의 이유를 아는 사람은 삶의 방법도 안다."

네 번째 유는 삶의 자유(自由)다.

여섯 가지 유를 가져라

우리의 삶이 경제적으로 풍요로워졌음에도 자살률과 이혼율이 세계 최고인 이유는 무엇일까? 우리의 삶에 자유가 없기 때문이다. 시키는 것만 하면 개도 미친다. 하물며 인간은 어떠하겠는가?

우리에게 자유가 없다면 우리는 짐승보다 더 못 한 삶을 살아가고 있는 것과 다를 바 없다. 삶의 자유가 없이, 시키는 것만 하는 사람들은 수명이 짧아진다고 하는 연구 결과가 있다. 당연히 이런 사람들은 어느 정도 자유가 보장된 기업의 임원이나 사장들보다 훨씬 더 많은 병치레를 하고, 병에 잘 걸리게 된다.

'당신의 삶이 골골한다'라는 것은 당신의 몸이 약하다는 것을 의미하는 것이 아니라 당신의 삶에 자유가 결핍되어 있다는 것을 의미한다는 사실을 알아야 한다. 그것은 곧 당신의 수명과 직결되어 있다는 사실도 함께 말이다.

그래서 남의 밑에서 일을 하는 것보다는 자유롭게, 마음 편하게 자기 일을 하게 될 때 당신의 창의성도, 당신의 육신도, 당신의 마음도 제대로 숨을 쉬게 된다는 사실도 명심하자.

당신을 가장 활기차게 해 주고, 열정이 살아나게 해 주고, 건강하게 해 주고, 오래 살게 해 주는 것은 당신의 직장이나 돈이 아니라 당신이 누리는 자유의 양과 질이다.

다섯 번째 유는 삶의 고유(固有)다.

"당신에게 고유한 생명이 주어진 이유를 아는가?"

그것은 '당신에게만 있는 당신의 고유를 마음껏 발산하면서 살아가라는 고유한 명령(生命)'이기 때문이다.

필자는 이 말을 이 세상 모든 사람, 특히 우리 자녀들에게, 청년들에게, 삶의 희망을 잃어버린 삼사십 대 중년들에게, 제2의 인생을 살아가야 하는 장년에게도 꼭 들려주고 싶었다. 정말 이 책의 모든 내용 중에서도 가장 핵심, 가장 전율을 느끼면서 필자가 전해주고 싶은 말은 바로 이 말이다.

사실 이 세상에는 수도 없이 많은 책이 있다. 그리고 그 책 중에는 이 책보다 몇백 배 더 훌륭한 책들이 수도 없이 많다. 너무나 많다. 하지만 그런 책 중에서 삶의 여유를 가지라고 하는 책은 흔하게 찾아볼 수 있다. 삶의 이유나, 자유나, 사유를 찾고 그것을 누리라고 하는 책들도 어렵지 않게 찾아볼 수 있다.

하지만 '당신의 인생이 본래부터 가지고 있는 특유한 것' 바로 당신 삶의 '고유(固有)'를 회복하라고 말해 주는 책은 흔하게 찾아볼 수는 없다. 그런 점에서 이 책의 핵심은 다섯 번째 유인

'삶의 고유'이다.

당신 삶의 가치가 하락하고, 당신이 있으나 마나 한 존재가 되어 가고 있는 가장 큰 이유는 당신에게 돈이나 지식이나 인맥이 없기 때문이 아니다. 당신의 가치가 떨어지고, 당신의 존재와 영향력이 아무 값어치를 갈수록 못 하게 되는 가장 큰 이유는 삶의 고유가 상실되어 가기 때문이다.

삶의 고유를 회복하면 당신의 가치와 영향력과 존재가 모두 향상된다. 그러므로 이 책을 통해 당신만의 삶의 고유를 회복하라. 삶의 고유는 당신만이 가진 삶의 천성이며, 특유한 당신만의 본질이다. 그것을 발견하고 회복할 때 당신의 삶은 결코 어제와 같지 않을 것이다.

고유를 찾는다는 것은 자신의 개성을 인정하는 것을 넘어,

여섯 가지 유를 가져라

세상과 자신을 깊이 있게 이해하고 발견해 나가는 과정이다. 이는 무한한 가능성을 열어주는 열쇠와도 같다. 우리가 남다른 생각을 하고, 남들과 다른 길을 가려면, 그 출발점은 바로 자신을 발견하는 것이다. 그것이 삶의 고유다. 삶의 고유는 우리의 인생을 더욱 충만하게 만든다.

미국의 자연주의 작가 헨리 데이비드 소로는 인생을 깊이 있게 살고자 해서, 숲으로 갔다고 말한 적이 있다. 필자는 인생을 더욱 충만하게 살기 위해서는 삶의 고유를 가져야 하고, 그것은 바로 자신을 발견해 나가는 것이라고 말하고 싶다.

> "인생은 자신이 발견하는 것이지,
> 타인의 모방에서 얻어지지 않는다."
>
> _ 랄프 왈도 에머슨

에머슨의 말처럼, 우리는 자신만의 길을 찾아야 비로소 진정한 삶을 살 수 있다. 그런 점에서 고유는 자신을 발견해 나가는 가장 확실한 길이다.

여섯 번째 유는 삶의 향유(享有)다.

"삶의 참된 기술은 매 순간을 즐길 수 있는 능력에 있다. 이 능력을 가진 자는 그 무엇에도 흔들리지 않는다."

_ 에픽테토스, 《엠 케이 리디 온》 중에서

인생은 누리는 것이다. 향유가 삶의 수준과 질을 결정한다. 인생 최고의, 삶의 기술은 인생을 누리고 소유하는 것이다. 그래서 인생 고수는 천천히, 음미하는 인생을 살고, 인생 하수는 조급하고, 바쁘고 정신없는 삶을 산다.

여섯 가지 유를 가져라

이 여섯 가지 유를 통해 당신의 삶은 이전과 다른 새로운 삶을 살아가게 될 것이라고 확신한다. 이 책을 읽는 모든 독자에게 감사와 기쁨이 넘치게 될 것이라고 믿어 의심치 않는다. 부와 명예에 매달리는 가짜 성공이 아닌, 진짜 인생을 누리며 즐길 수 있고, 의미와 가치가 있는 삶, 당신의 고유를 마음껏 발산할 수 있는 진짜 인생을 경험하게 되리라 믿는다.

차 례

제5장 삶의 고유(固有)

제6장 삶의 향유(享有)

제1장

삶의 여유(餘裕)

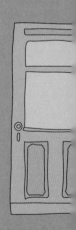

"마음의 여유를 잃고 이해타산적인 행동만을 중시한 나머지 오로지 그 관점에서 인간적인 것조차 모두 쓸모없는 짓이라 간주한다. 그리고 결국에는 자신의 인생 자체를 잃게 되는 일이 빈번히 자행되고 있다."

_ 니체, 〈방랑자와 그 그림자〉

"그렇기에 스스로가 한심하게 여겨지고 사람에 대한 증오심이 느껴질 때에는 자신이 지쳐 있다는 신호라 여기고 그저 충분한 휴식을 취하라. 그것이 스스로를 위한 최선의 배려다."

_ 니체, 《아침놀》 중에서

여섯 가지 유를 가져라

우리에게 필요한 것은 삶의 쉼표이다

바쁜 현대인들에게 가장 필요한 것은 삶의 쉼표다. 삶의 여유가 없다면, 당신은 기계와 다를 바 없다. 현대 심리학자들은 실험을 통해, 이와 같은 사실을 밝혀냈다. 바쁜 삶 속에서 의미 있는 여유를 가져본 경험이 적은 사람일수록, 자신을 기계적으로 인식한다는 것이다. 이런 현상이 지속되면, 정서적 고갈, 직무 탈인격화(depersonalization), 개인 성취감 저하 등으로 이어지게 된다. 반면 자주 여유를 갖고 삶의 쉼표를 만들어 낸 사람은 스스로 고유하고, 의미 있고, 목적을 가진 존재로 인식한다. 이는 자기 결정성 이론(Self-Determination Theory)에서도 자주 언급되는 내용이다.

삶의 쉼표는 선택이 아니다. 쉼표는 필수 요소다. 혼란 속에서, 바쁨 속에서 당신이 길을 잃지 않고, 헤매지 않게 해 주는 이정표와 같다. 삶의 쉼표는 당신이 멈춰 서서, 자신을 되돌아보고, 인생길에서 방향을 잡아주게 해 준다. 쉼표는 우리에게 놀라운 통찰력을 제공해 준다. 쉼표는 인생에서 무엇이 중요한 것인지, 어떤 길이 내게 가장 좋은 길인지 깨닫게 해 준다.

그렇다. 삶의 쉼표가 필요한 이유는 너무나 많다. 그중 하나가 당신을 당신답게 만들어 준다는 데에 있다. 타인의 시선과 사회의 기대에 휩쓸려, 세상이 만들어 놓은 성공 기준과 타인이 이미 살아간 길이 정답이라고 생각하고, 무작정 열심히 바쁘게 살아가다 보면, 어느덧 우리는 자신을 잃게 된다. 우리가 진정 원하는 것이 무엇인지 모른 채 평생 살아간다면, 그것이 우리 인생이라고 할 수 있겠는가? 쉼표는 이런 세상에서 나만의 길을 잃지 않게 해 주는 좌표다.

삶의 쉼표는 삶에서 진정으로 중요한 것은 속도가 아니라 방향이라는 사실을 일깨워준다. 우리가 진정 중요하게 생각해야 하는 것은 속도가 아니라, 방향이다. 아무리 빨리 성공을 해도, 그것이 진정 우리가 원하는 것이 아니라면, 후회하는 인생이 될 뿐이다. 후회하는 인생을 만들기 위해, 그렇게 죽자고 일만 열심히 했다면, 얼마나 억울한가?

삶의 쉼표는 저절로 만들어지지 않는다. 삶의 쉼표는 의도적으로, 일부러 만들어야 당신이 누릴 수 있다. 열심히 일을 하는 것보다 조용히 방에 앉아서, 아무것도 하지 않는 것이 더 힘들고 어렵다. 하지만 그것은 그렇게 힘들고 어려운 것만은 아니다. 바쁜 일정을 뒤로하고, 잠시 커피 한 잔을 즐기는 것처럼, 작은 행위와 선택에서도 시작될 수 있다.

우리는 더 성공하고, 더 벌고, 더 행복하기 위해 애쓰기 전에, 삶의 쉼표를 만들어야 한다. 그 속에 진정한 진짜 성공과 행복이 숨어있기 때문이다. 자연을 보고, 우리는 삶의 쉼표라는 지혜를 배워야 한다.

대자연의 나무와 강과 산을 보라. 나무는 절대 욕심내지 않는다. 그 자리에서 평생 조용히 존재할 뿐이다. 강은 절대 서두르지 않는다. 유유히 흘러간다. 태산은 절대 그 어떤 것도 거부하지 않는다. 태산이 태산인 이유가 이것이다.

우리의 삶도 자연에서 배워야 한다. 삶의 쉼표는 자연을 가장 닮았기 때문이다. 이런 삶의 지혜를 가장 깊게 통찰한 사람이 장자다. 장자는 인생을 유유히 흐르는 강물과 닮았다고 보았다. 강물은 인위적으로 방향을 틀지 않는다. 자연스럽게 흘러가게 한다. 무엇이든 억지로 하려고 하지 않는다. 이것이 바로 장자가 말하는 '무위(無爲)'의 실천이다.

무위는 아무것도 하지 않는 무기력한 상태가 아니라, 자신의 의지나 욕심을 내려놓고, 있는 그대로의 세상과 조화를 이루는 삶의 방식이다. 무위를 통해 우리는 타인과의 경쟁도, 세상과 자신에 대한 욕심과 집착에서 벗어나, 삶의 쉼표를 만들 수 있게 된다.

우리가 삶의 쉼표를 잃게 된 것은, 욕심과 집착 때문이다. 장자는 무소유의 철학을 통해, 우리에게 삶의 여유를 가지는 방법을 알려 준다. 물질적 욕심과 소유가 많아질수록, 삶의 무게와 집착은 늘어가고, 그 결과 삶의 쉼표와 여유는 사라진다. 욕심과 집착을 줄일수록, 삶의 여유와 쉼표는 많아진다.

우리가 삶의 쉼표를 만나는 가장 좋은 방법도 장자에게서

여섯 가지 유를 가져라

배울 수 있다. 장자의 이 말이 가장 좋은 방법들 중의 하나가 아닐까?

> "때로는 아무것도 하지 않고,
> 그저 자연에 자신을 맡겨보라."

동양의 《명심보감(明心寶鑑)》에서도 "여유를 잃는다면 곧 참된 나를 잃는 것과 같다."라고 했다. 그렇다. 참된 나를 찾게 하는 방법이 삶의 쉼표를 만드는 것이다. 삶의 쉼표와 삶의 여유는 물리적 휴식만을 의미하는 것은 아니다.

우리가 자연에 자신을 맡기고, 바쁜 일상 가운데 잠시 멈춰서서 휴식을 취하는 것은 모두 심리적 여유를 위해서다. 진정한 쉼표는 몸의 휴식이 아니라, 마음의 여유에서 오기 때문이다. 한 달 동안 휴가를 보내기 위해, 휴가지에 있어도, 머릿속이 온통 일과 업무로 가득 차 있다면, 그것은 진정한 휴식이 아니다. 진정한 휴식은 마음에서 시작되기 때문이다.

그렇다. 물리적 휴식보다 심리적 여유가 진정한 삶의 쉼표다. 삶의 쉼표는 우리의 건강과 행복에 큰 영향을 미친다. 삶의 쉼표는 잃어버린 참된 나를 찾게 해 준다. 그뿐만 아니라 삶의 쉼표는 개인의 삶뿐만 아니라, 회사 업무와 성과에도 영향을 준다.

하버드 비즈니스 리뷰를 보면, 현대 경영학에서도 삶의 여유를 중요시한다는 사실을 알 수 있다. 기업은 직원들에게 일부러 '비생산적인 시간' 즉 업무의 쉼표를 일부러 제공한다. 그 이유는 이런 비생산적인 시간이 직원들에게 가장 창의적이고, 혁신적인 아이디어를 끌어낸다고 생각하기 때문이다. 놀랍게도 비생산적인 시간을 통해 최고의 성과가 만들어진다는 것이다. 이것처럼 삶의 쉼표, 멈춤, 여유, 비생산적인 시간은 결코 무의미한 시간이 아니다. 꼭 필요한 시간이다. 대나무의 마디처럼 말이다.

대나무에 마디가 없다면, 그 나무는 길게, 곧게 자라지 못할 뿐만 아니라, 대나무 자체를 유지하지도 못하고 꺾이거나, 작은 바람에 쓰러지고 만다. 인생에 삶의 쉼표가 없다면, 그 인생은 쉽게 꺾이거나, 쓰러진다. 우리 인생도 대나무와 다르지 않다.

우리는 심리학자 칼 융의 경고를 또한 무시해서는 안 된다.

여섯 가지 유를 가져라

"자신의 내면과 대화할 시간이 없는 자는
자신이 아닌 타인의 삶을 살게 된다."

　그렇다. 삶의 쉼표가 우리에게 선택이 아닌 필수인 이유가
바로 이것이다. 이런 삶의 지혜는 서양의 고대 철학자 아리스
토텔레스도 진작에 알고 있었던 것 같다. 그는 "여유를 누릴 줄
아는 자만이 참된 인간의 삶을 산다"라는 사실을 이미 깨닫고
있었기 때문이다.

　삶의 쉼표를 통해 우리는 인생의 목적을 발견하고, 자신의
존재 가치를 재확인할 수 있다. 이것을 통해 우리는 타인의 삶
이 아닌, 진짜 자신의 삶을 살게 되고, 참된 인간의 삶을 살 수
있다. 삶의 여유와 쉼표는 사치가 아니다. 삶의 쉼표는 쓸모없
는 낭비가 아닌, 삶의 핵심이며, 필수 요소다.

　그러므로, 지금 당장 삶의 여유를 가지고, 삶의 쉼표를 만
들어라. 삶의 쉼표는 단순한 휴식 이상의 가치가 있다. 삶의 쉼
표를 만드는 과정은 삶을 재정비하고, 방향을 설정하며, 타인
이 아닌 참된 자기 자신을 찾아가는 여정이다. 삶의 쉼표는 폭
풍우 속에서 나침반을 잃어버린 배가 항구를 찾기 위해 잠시

멈추고 별을 바라보는 것과 같다.

우리의 인생은 단순한 생존이 되어서는 안 된다. 그 이상이어야 한다. 삶의 쉼표를 만든다는 것은, 단순한 생존이 아닌 의미 있는 존재가 되게 해 준다. 삶의 쉼표는 인생을 단단하게 만들어 준다. 세상과 일상에 쫓겨 허둥지둥 살아가지 않고, 아무것도 하지 않고, 그저 나 자신을 온전히 느끼는 순간을 갖는 것만으로도 우리는 삶의 쉼표를 만들 수 있다.

지금 당장, 자신에게 삶의 쉼표를 허락하라. 인생이 진짜가 된다. 가짜 인생을 거부하라. 삶의 쉼표를 통해, 타인의 삶을 살아감으로써, 인생을 낭비하는 것을 멈추어야 한다.

일만 하는 바보로
살지 말라

"어리석은 사람은 서두르고,
영리한 사람은 기다리지만,
현명한 사람은 정원으로 간다."

_ 타고르

우리는 스스로에게 여유를 허락해야 한다. 여유를 찾아야
한다. 삶은 지속적인 성취의 연속이 되어서는 안 된다. 그것은
자신을 일만 하는 기계로 전락시켜 버리는 무지몽매한 행위다.

현대인들에게 가장 중요한 문제는 과도한 일중독이다. 일중
독은 삶의 질을 낮추고, 내면의 평안과 기쁨을 잃게 하고, 몸과

마음을 찌들게 만든다. 세상은 우리에게 강요한다. '열심히 일해야 잘 먹고 잘산다.'라고 말이다. 하지만 인생의 진정한 의미와 삶의 기쁨을 누리기 위해서는 휴식과 여유가 필요하다.

블레즈 파스칼은 "인간의 모든 문제는 방 안에 조용히 혼자 앉아 있지 못하는 데서 비롯된다."라고 말했다. 우리는 세상과 타인의 자극과 끊임없는 움직임에 익숙해져 있지만, 진정한 자기실현과 성장은 오히려 내면의 고요 속에서 이루어진다. 조용히 방 안에 혼자 있는 시간은 자신을 돌아보고, 삶의 본질을 깨닫는 중요한 순간이다. 아리스토텔레스가 '일과 여가는 상호 보완적이다.'라고 말한 이유를 우리는 여기서 찾을 수 있다. 인간은 여가를 통해 자아를 발견하고, 성찰과 사색을 통해 삶의 깊이와 내면의 성장을 만들 수 있기 때문이다.

일만 하는 사람은 덜 창의적이고, 문제 해결 능력도 떨어지고, 장기적으로 높은 성과를 내지 못한다. 그래서 바보다. 하버드 대학의 연구에 따르면, 여유 시간이 많은 사람들이 더 창의적이고, 문제 해결 능력이 뛰어나며, 장기적으로 더 높은 성과를 낸다는 것이다. 업무 성과나 창의성만 중요한 것이 아니다. 충분한 휴식과 여유를 누린 사람은 삶의 만족도와 행복도가 높아진다는 사실이 더 중요하다.

즉 일만 하는 바보는 삶의 만족도도 낮고, 그토록 원하는 성공과도 멀어지게 된다. 오히려 삶의 여유를 가지고, 충분한 여가를 보내는 사람이 더 성공하게 된다. 현대 심리학에서 워라밸을 강조하는 이유도 이것이다.

인간은 일만 하는 기계로 전락하여서는 안 된다. 그렇게 되면 일도 망하고, 자신도 망하게 된다. 많은 연구 결과가 일과 여가의 균형이 정신 건강과 신체 건강 모두에 긍정적인 영향을 미친다는 사실을 말해 준다.

지금 당장 삶의 여유를 찾아라. 절대 일만 하는 바보로 살지 말라. 그것은 자신도, 일도 죽이는 길이다. 끊임없이 바쁘기만 하면, 진정한 삶을 살아갈 수 없다. 태어나서 죽을 때까지 일만 하고, 그 어떤 여가나, 여행이나 취미생활도 누리지 못한 사람을 진정으로 행복하고 좋은 인생이라고 할 수 있을까?

우리는 앙리 베르그송의 이 말을 명심하고 또 명심해야 한다.

"삶은 조화다. 일만 하는 바보로 살지 말라."

왜 그토록 죽자고 일만 하는가? 살자고 일을 하는 것이 아닌가? 우리 인생은 단순한 생존을 넘어선 의미를 지니고 있다. 그 의미는 여유 속에서, 우리의 몸과 마음이 쉼을 얻을 때, 비로소 미소를 짓게 된다. 바쁘기만 한 삶은 진정한 인생을 살지 못하게 가로막는다. 삶의 여유 속에서만 진정한 내면의 목소리를 들을 수 있다.

일만 하는 바보 위치에서 벗어나, 삶의 여유를 찾는 것은 자신을 발견하는 길이며, 진정한 삶을 누리는 길이다. 여유를 찾고, 진정한 삶을 누린 인생 고수 중 한 명이 바로 장자다. 그는 무위자연을 강조했다. 인간이 자연의 여유와 리듬 속에서 진정한 삶과 자유를 찾을 수 있다고 갈파했다. 그가 말하는 진정한 삶과 자유는 단순한 게으름이 아니다. 그것은 인간의 영혼을 치유하고, 자신의 존재를 더 큰 세계로 확장하는 과정이며, 이 과정을 통해 더 큰 평온과 자유를 경험하게 해준다.

"휴식 속에서 우리는 삶의 진정한 의미를 발견할 수 있다." 라고 말한 버트런드 러셀처럼, 우리는 휴식을 통해 삶의 의미

여섯 가지 유를 가져라

를 발견할 수 있다. 일만 하는 바보는 삶의 의미를 발견할 시간도, 여유도 없기 때문이다. 휴식과 여유는 삶의 의미만 발견하게 해주는 것은 아니다. 그 이상이다.

우리는 종종 일에 치여서, 스스로 삶을 잃어버리고, 급기야는 자신도 잃어버린다. 삶의 여유와 휴식은 우리를 되찾게 해주고, 우리의 삶을 다시 회복해 준다. 그뿐만이 아니다. 러셀은 자신의 저서 《게으름에 대한 찬양》에서 이런 말을 했다.

"모든 위대한 성취는 여유 속에서 태어난다."

그는 누구보다 여유의 중요성을 알고 있었고, 그것을 강조한 인물이다. 우리는 그에게서 또 다른 삶의 교훈을 배울 수 있다.

"바쁜 삶은 곧 좋은 삶이라는 착각은 인류의 비극이다."

그렇다. 그것은 당신의 착각이고, 우리 모두의 착각이다. 바쁜 삶은 좋은 삶이 아니라, 자신을 죽이는 삶이다. 일만 하는 바보로 사는 길은 삶의 풍요로움과 즐거움을 놓치는 길이다.

진정한 행복을 쫓아버리는 어리석은 선택이다. 휴식과 삶의 여유는 단순한 사치가 아니라, 인간이 진정으로 행복하고 창의적인 존재로 살아가는 유일한 길이다. 인간은 여유와 휴식을 통해, 비로소 깊은 사유와 창의적인 사고를 할 수 있는 존재이기 때문이다.

　바쁘기만 한 삶에서는 절대 얻을 수 없는 것들이 많다. 더 바쁘게 일할수록 더 성공적인 삶이 아니라, 더 망해가는 삶이라는 사실을 우리는 알아야 한다. 잠재력을 제한하고, 억압하는 가장 좋은 방법이 바쁘게 일만 하는 것이기 때문이다.

　끊임없이 일만 하는 사람은, 자신에게 주어진 깊은 사유의 기회를 잃어버리고, 창의적 상상력을 펼칠 무대를 빼앗기게 된다. 일은 우리를 지치게 만들고, 그 지침 속에서 우리는 삶의 진정한 목적과 의미를 발견하지 못하게 된다. 우리는 마치 기계처럼 생산하고 소비하는 무한 루프 속에서, 우리의 고유한 인간성과 삶의 진정한 의미 모두를 상실하게 된다.

<blockquote>
"인간은 일만 하는 존재가 아니라,
삶의 의미와 가치를 찾고, 새로운 세상을 창조하고,
</blockquote>

　　　　　　　여섯 가지 유를 가져라

사유하고 사색하는 존재여야 한다."

이것이 필자의 주장이다. 왜 바보 같이 일만 하는가? 일은
사색도 못 하는 기계에 맡겨도 되지 않는가? 이제 곧 운전도
기계가 하는 시대가 오지 않는가?

러셀의 말처럼, 삶은 일을 위한 것이 아니라, 삶 자체를 위한
것이어야 한다. 일만 하는 바보는 '삶이 일을 위한 것'이라고 생
각하는 것과 같다. '일이 삶을 위한 것'이 되어야 한다. 일만 하
는 바보는 자신의 영혼을 살찌우지 못하며, 자신을 잃어버리게
된다.

명심하자.

당신은 기계가 아니다.
당신은 일만 하는 기계가 아니다.

삶은 일만 하기에는 너무나 크고, 너무나 심오하다. 일은 도
구일 뿐, 삶의 목표가 되어서는 안 된다. 일만 하는 바보로 살기
에는 당신의 삶은 너무나 소중하다. 일만 하는 바보는 삶의 진

정한 아름다움을 보지 못한다. 인간은 여유 속에서 비로소 깊은 사유와 창조의 기쁨과 삶의 의미와 가치를 발견할 수 있다.

인간으로 태어나, 삶의 아름다움과 즐거움을 언제 느껴 볼 것인가? 인간으로 태어나 기계로 살 것인가? 진짜 인간으로 살아갈 것인가? 일만 하는 사람은 기계와 다를 바 없다. 기계는 영혼과 감정이 없다. 일만 하는 사람은 점점 더 영혼과 감정이 메말라 가는 이유다.

삶의 여유와 휴식은 메말라 가고, 사라져 가는 영혼과 감정을 풍요롭게 살찌우게 해 준다. 여유와 휴식 속에서 우리는 진짜 우리 자신을 만날 수 있게 된다.

삶의 목적은 일을 통해 성취하는 것이 아니라, 여유와 사유 속에서 자신을 발견하고, 삶의 아름다움과 즐거움을 느끼고, 자신의 영혼과 감정을 살찌우는 것이다. 왜 주객이 전도되었는가? 일을 통해 성취해야 하는 단 한 가지 이유는 삶을 위해서다. 일을 통해 우리는 더 풍요롭고, 더 의미 있고, 더 가치 있는 삶을 살아내기 위해서다. 목표와 도구를 혼동해서는 안 된다.

여섯 가지 유를 가져라

우리의 삶은 성과로만 측정되기에는 너무나 소중하다. 그래서 우리의 삶은 성과로만 측정될 수 없다. 성과와 성공이 삶의 전부가 아닌 이유다. 삶의 본질은 내면의 성장과 정신의 충만함이다. 이것을 통해 우리는 진정 우리 자신을 발견할 수 있고, 삶의 의미와 가치, 삶의 아름다움과 즐거움을 만날 수 있기 때문이다. 일은 삶의 도구일 뿐, 우리의 삶과 존재를 결정짓는 기준이 될 수 없다.

그러므로 "일만 하는 바보가 되지 말고, 삶의 여유와 휴식 속에서 삶의 진정한 의미와 가치를 찾을 줄 아는 현명한 존재가 되어야 한다. 그러므로 삶의 여유를 허락하라." 이것이 필자가 하고 싶은 말이다.

늘 쫓기기만 하는
현대인들의 우울한 자화상

늘 쫓기기만 하는 현대인들의 우울한 자화상을 가장 잘 설명한 작가는 존 스튜어트 밀이다. 그는 자신의 저서 《자유론》에서 이런 주장을 했다. 늘 쫓기기만 하는 우리의 모습을 '사회적 강박'의 결과라고 주장했다.

우리는 자유로운 존재가 아니라, 사회적 강박에 매몰된 불쌍한 존재일 뿐이라고 말한다. 그의 말에 동의한다. 그렇다. 우리는 뭔가에 늘 쫓기는 존재이다. 왜 우리는 쫓기고 있을까? 그것은 우리에게 세상이 요구하는 기준과 평가 잣대, 즉 사회적 강박이 있기 때문이다.

여섯 가지 유를 가져라

남들에게 뒤처지면 안 되고, 남들이 가지고 있는 것은 다 가져야 하고, 남들이 누리는 삶은 똑같이 누려야 하고, 심지어 남들보다 더 잘 살아야 하고, 남들보다 더 행복해야 한다는 그런 사회적 강박 때문에 우리는 점점 더 쫓기고, 점점 더 우울하고, 점점 더 불행하다.

이런 사실을 통찰한 또 다른 하나의 작가는 토마스 홉스다. 그는 자신의 저서 《리바이어던》을 통해, 현대 사회를 가장 잘 묘사했다. 그에 따르면, 현대 사회는 바로 '만인의 만인에 대한 투쟁'이 극대화된 전쟁터다. 즉 한 마디로 상대를 죽이지 못하면, 내가 죽는 살벌한 전쟁터와 같은 무한 경쟁사회이다.

우리는 우리 자신의 욕심과 집착에 쫓기고, 세상과 타인의 시선과 평가에도 쫓긴다. 우리는 안과 밖으로 모두 쫓기고 있다. 마치 보이지 않는 사냥감이 되어, 끊임없이 쫓기고 있는 것이 현실이다. 우리는 무엇에 쫓기고 있는 것인지 살펴보면, 놀라지 않을 수 없다. 우리는 입체적으로 쫓기고 있다. 우리는 자신에게 쫓기고, 타인에게 쫓기고, 세상에 쫓기고 있기 때문이다. 그렇다면, 우리가 쫓기는 이유는 무엇일까? 왜 이렇게 쫓겨야 하는 것일까?

사르트르는 욕망 때문이라고 말했고, 공자는 두려움 때문이라고 말했다. 그런데 이 두 사람 모두 그것의 시작과 끝은 타인이라고 말한다.

먼저 사르트르는 우리가 쫓기는 진짜 이유는 '타인에게 인정받고 싶은 욕망' 때문이라는 것이다. 아이러니하게도, 타인에게 인정받고 싶은 욕망의 마지막을 사르트르는 '타인은 지옥이다'라는 표현으로 설명했다. 타인에게 인정받고 싶은 욕망은 자신뿐만 아니라 타인을 지옥으로 만들어 버린다. 우리는 타인에게 인정받기 위해, 자신을 증명하기 위해, 자신을 끊임없이 착취해야 한다. 즉 타인을 위해 자신을 희생하고 있다는 말이다. 그것도 지쳐 쓰러지기 직전까지 자신을 몰아가고 있다는 것이다. 결과적으로 사르트르는 자신의 저서 《존재와 무》에서 이런 질문을 던진다. "과연 이 모든 쫓김의 끝에 무엇이 있는가?" 우리는 이 질문에 답해야 한다. 이 질문의 답은 이것이다.

우리 자신에게는 아무것도 남지 않는다. 타인에게는 공허함만이, 세상에는 가짜인 내 인생, 즉 나의 가짜 인생만이 남을 뿐이다. 이것을 지옥이라고 말하고 있는 것인지도 모른다.

여섯 가지 유를 가져라

공자는 우리가 쫓기는 진짜 이유는 '남이 나를 알아주지 않을 것 같은 두려움' 때문이라고 말한다. 그래서 남이 나를 알아주지 않고, 세상의 낙오자가 될 것 같은 두려움 때문에 많은 사람들이 괴로워하고 불안에 쫓긴다고 말한다. 그래서 그는 《논어》에서 다음과 같은 조언을 해 준다. "두려워해야 할 것은 남이 나를 알아주지 않음이 아니라, 내가 나를 알아보지 못함이다." 공자의 이 조언을 통해 우리가 배울 수 있는 것은, 우리의 우울한 자화상을 극복하는 길은 타인에게 있는 것이 아니라, 우리 자신에게서 비롯되어야 한다는 점이다. 결국 자신을 있는 그대로 인정하지 못하고, 그 존재 가치를 알아보지 못하는 데서, 우울한 자화상은 시작된다는 사실이다.

이제 우리는 멈춰야 한다. 쫓기지 말고, 쫓아야 한다. 더 이상 쫓기지 말고, 자기를 돌아보는 시간, 삶의 쉼표와 여유를 통해 우리는 현대인의 우울한 자화상을 쫓아내야 한다.

플라톤이 자신의 저서 《국가》에서 말한 것처럼, 이상적인 삶이란 내면의 조화를 이룬 상태다. 하지만 현대인들은 이와 정반대다. 내면의 조화가 아닌, 외면의 치우침, 인생의 부조화를 이루고 있다.

인간은 달리기를 멈추지 않는 불행한 존재이다. 우리가 불행한 근본 원인은 무엇일까? 늘 쫓기기만 하는 현대인의 우울한 자화상의 이유에 대해 로마의 철학자 세네카는 이런 통찰을 했다.

"모든 불행의 근원은 불필요한 욕망에서 시작된다."

그의 말을 빌리자면, 우리가 달리기를 멈추지 못하는 불행한 존재인 이유는 욕망 때문이다. 현대인의 우울한 자화상의 근본 이유는 욕망 때문이다. 우리는 필요한 것보다 더 많은 것을 원하고, 더 많은 재산을 욕망하고, 더 많은 명예와 더 많은 인정을 갈망한다. 그래서 늘 쫓기며 사는 것이다. 하지만 정작 중요한 삶의 본질을 보지 못하고, 진짜 인생을 낭비하고, 참된 자신을 잃어버리게 된다.

우리는 이런 방식으로 늘 쫓기기만 하며, 본래 있어야 할 삶의 본질과 진짜 인생이라는 원래 자리에서 점점 더 멀어지게 된다. 이제는 되돌아가야 한다. 이제는 쫓기는 삶을 내려놓아야 한다. 우리는 쫓기는 삶을 살기 위해 태어난 존재가 아니다.

여섯 가지 유를 가져라

삶은 그저 세상의 기준인 성과나 성공으로만 평가되어서는 안 된다. 인간의 진정한 가치는 '존재'에 있는 것이지, '성공'이나 '성과'에 있는 것이 아니다. 세상과 타인의 기준에서 벗어나 스스로에게 삶의 여유와 쫓기지 않을 자유를 허락해야 한다. 그것이 삶의 우울함을 치유하고, 잃어버린 자아를 되찾는 유일한 길이다.

이제는 우리의 삶 속에 쉼표를 만들어야 한다. 진정한 여유는 바로 그 쉼표 속에 있다. 타인의 기대와 세상의 기준에서 벗어나야 한다. 자신의 삶을 있는 그대로 바라보는 것이 인간이 누릴 수 있는 최고 최대의, 삶의 여유며, 쉼표며, 자유이며, 행복이다. 그것이 우리가 쫓기지 않고 살아갈 수 있는 유일한 방법이다.

삶의 여유는
또 다른 이름의 살아가는 방식이다

　삶의 여유는 단순한 삶의 행위가 아니라, 삶의 방식 그 자체가 되어야 한다. 여유가 없는 사람은 삶을 통제하지 못하기 때문이다. 삶의 여유가 없는 사람은 외부의 환경과 상황에 끌려다니게 된다. 삶의 여유가 없다면, 자신이 무엇을 하고 있는지조차 모르며 하루하루를 보낼 수 있기 때문이다. 삶의 여유가 있는 사람은 매 순간 끌려다니지 않는다.

　삶의 여유는 또 다른 이름의 살아가는 방식이어야 한다. 삶의 여유는 시간을 소비하거나 낭비하게 하지 않고, 시간을 창조하고, 의미와 가치를 부여하게 한다. 삶의 여유는 삶의 방식이다. 우리가 어떻게 살아갈 것인지, 어떤 삶을 선택할 것인지를 결정짓기 때문이다.

이런 사실에 관해서 연구한 학자가 있다. 바로 미국의 심리학자 앨리슨 데이비스(Allison Davis)이다. 그는 자신의 연구 《삶의 방식과 여유의 상관관계(The Correlation Between Lifestyle and Leisure)》를 통해, 삶의 여유가 삶의 방식을 어떻게 변화시키는지에 대해 실험했다.

삶의 여유가 있는 사람과 없는 사람은 삶의 방식에서도 차이가 있다는 사실을 발견했다. 사람들이 여유가 있을 때, 타인에게 더 관대해지며, 자기 자신에게 더 온화해지는 경향이 있음을 발견했다. 심지어 더 나아가, 삶의 여유가 있는 사람은 자기 자신을 더 깊이 이해하고, 삶의 목적을 더 명확히 설정할 수 있다고 말한다. 결론적으로 삶의 여유는 단순한 감정이나 기분 전환용 방법이나 혹은 스트레스를 줄이는 시간을 보내는 방법이 아니라, 삶을 살아가는 방식이며, 삶의 질을 높이는 본질적인 요소라는 사실을 말해 준다.

삶의 여유는 새로운 삶의 방식을 창조하는 것이다. 삶의 여유를 찾는 사람은 삶을 낭비하지 않고, 자신의 삶을 창조하는 사람이다. 그래서 자신만의 고유한 삶의 방식을 만들고, 그런 삶을 살아간다. 우리가 여유를 잃고, 자기 삶에 쫓기며 살아가고 있다면, 그것은 삶의 방식을 잃어버렸다는 말과 같다. 삶의 여유는 삶의 방식이기 때문이다.

이제부터 삶의 여유를 찾아야 한다. 그것만이 삶의 방식을 회복하고, 새롭게 창조하는 길이기 때문이다. 여유를 잃지 않는 삶, 그것이 바로 삶의 본질이다. 여유가 없는 삶은 자신을 잃어버리게 된다. 삶의 여유는 자신을 회복하고 찾아가는 삶의 방식이다.

"멈출 수 없다면, 당신은 사라지는 것이다."

19세기 말, 덴마크 철학자 아우구스트 흘름도 이런 사실을 통찰했고, 우리에게 설파했다. 그는 자신의 논문 〈속도의 역설〉에서 이러한 혜안을 우리에게 알려주었다. 그는 산업화의 물결 속에서 인간이 쉴 새 없이 달려야 하는 존재로 전락하고 있다고 주장했다. 즉 인간이 '속도의 노예'가 되어 가고 있다는 것이다. "속도가 빨라질수록 사람들은 더 많은 것을 놓치게 된다." 고 말하면서, 그는 속도의 대항마로 삶의 여유를 강조했다. 심지어 그는 삶의 여유를 '삶을 살아가는 방식'으로 정의했다. 그는 삶의 여유는 더 이상 사치가 아닌 필수라고 강조했다.

그 이유는 무엇일까? 삶의 여유가 없는 삶은 그 자체로 '삶의 방식'을 잃어버린 것과 다르지 않기 때문이다. 그렇다. 삶의 여유는 삶을 살아가는 또 다른 방식이다. 여유가 없는 사람은 자신을 뒤돌아볼 시간도 없고, 자기 삶도 점검할 시간도 없다. 여유 없는 삶의 방식은 자신도 잃어버리고, 삶도 잃어버리는 최악의 삶의 방식이다. 그런 점에서 삶의 여유는 최선의 삶의 방식이다.

삶의 여유는 단순한 멈춤이나 쉼이 아니다. 그것은 삶의 질서를 재정립하는 과정이며, 새로운 삶의 방식이다. 20세기 초 프랑스의 철학자 아르망 뒤르비(Armand Durvy)는 〈삶의 질서와 여유(The Order of Life and Leisure)〉에서 삶의 여유를 "삶의 질서를 재정립하여 내적 자유를 회복하는 것"으로 정의했다. 그는 우리가 삶의 여유가 없는 이유를 '삶의 질서의 부재' 때문이라고 분석했다. 세상과 타인의 기대와 요구로 삶의 질서가 무너졌기 때문에, 삶의 여유를 잃어버리게 되었다는 것이다.

그가 말하는 삶의 질서는 '무엇을 중요하게 여기고, 어떤 것에 에너지를 쏟을 것인가를 결정하는 우선순위의 체계'를 의미한다. 그는 우리가 먼저 삶의 우선순위를 정하면, 삶의 여유를 찾을 수 있다고 한다. 이렇게 삶의 질서를 정립하면, 외부의 요구나 속도에서 벗어나, 주도적으로 살아갈 수 있다는 것이다.

삶의 여유는 단순한 기분 상태가 아니라, 삶을 살아가는 방식 그 자체이다. 여유가 없는 사람은 외부의 요구와 기대에 반등하며 살아가기 때문에, 자기 삶의 방식이 무너지고 없어진다. 이들은 자신이 원하는 방식으로 삶을 이끌고 가지 못하고, 타인의 기대와 사회의 요구와 압박에 떠밀려 살아갈 뿐이다. 삶이 여유를 가진 사람은 매 순간 자기만의 삶의 방식을 고수한다. 외부의 기대와 타인의 요구에 끌려다니지 않고, 자기 삶에 충실하고, 자신이 만들어 놓은 우선순위에 따라, 주도적으로 살아가며, 삶의 진정한 주인이 된다.

삶의 여유는 결코 시간의 문제가 아니라, 삶의 방식에 대한 문제다. 지금까지 이렇다 할 삶의 방식이 없는 채로, 끌려가는 삶을 살았다면, 이제 새로운 삶의 방식이 필요할 때다. 삶의 여유라는 새로운 삶의 방식을 만들어라. 그러면 당신은 삶의 진정한 주인으로 거듭날 수 있을 것이다.

20세기 프랑스의 대표적인 철학자 앙드레 고르츠는 자신의 저서 《노동의 변모, 의미의 추구》를 통해 우리에게 이런 질문을 했다.

"우리에게 진정 필요한 것은 무엇일까? 더 많은 시간인가,
아니면 시간을 대하는 우리의 태도인가?"

노동이 생존인 시대, 노동이 전부를 말해 주는 이 시대에, 그는 우리가 점점 삶의 여유를 잃어가고 있음을 일깨워준다. 그는 노동이 우리에게 선사하는 의미가 확대되고, 삶의 여유는 축소되고 있음을 말하면서, 삶의 여유가 단순히 멈추는 것이 아니라는 사실을 말한다. 삶의 여유에 대해서 더 큰 의미의 추구가 필요하다고 강조한다.

그가 강조하는 주장은 '삶의 여유는 삶을 재정의하는 방식'이라는 것이다. 삶의 여유를 잃어버리고 사는 사람은 결국 자신만의 삶을 잃어버리게 되고, 그것은 곧 타인의 기대와 사회적 요구 속에 떠밀려, 세상과 타인에 휘둘려 주체성을 잃고 살

게 된다. 고르츠는 우리가 삶의 여유를 빼앗기는 과정을 삶의 상실이라고 표현하면서, 더 많은 돈을 벌고, 더 많은 성과를 이루기 위해 자신을 끊임없이 채찍질하는 것은 자신을 노예로 만드는 행위라고 일갈했다.

삶의 여유는 시간을 멈추거나 비우는 것이 아니며, 그것은 우리가 어떻게 살아가는지에 대한 태도를 정하고, 삶의 방향을 잡고, 어떤 식으로 살아갈 것인가를 다 포함한 삶의 방식이다.

여섯 가지 유를 가져라

삶에 여유가 있을 때
인생도 살맛이 난다

삶에 여유가 있을 때, 우리 인생도 살맛이 난다. 당신은 어떤가? 삶에 여유가 없으면, 우리는 인생을 있는 그대로 즐길 수 없다. 인생을 즐길 수 없다면, 그것은 행복도, 성공도 아니다. 행복이나 성공으로 포장된 가짜 인생이다.

20세기 영국의 대표적인 지성으로 평가받는 버트런드 러셀은 98세까지 정열적으로 주체적인 삶을 살았던 인물이다. 그는 자신의 저서 《게으름에 대한 찬양》에서 '삶의 여유'의 중요성과 노동의 어리석음에 대해 설파했다.

그는 여유가 단순한 휴식이 아니라, 인생을 진정으로 맛보는 방식이라고 말했다. 인생을 살맛 나게 하는 것은, 성공이나 성취가 아니라, 여유 속에서 얻어지는 깊은 만족감이라고 그는 강조한다. 여유가 없는 사람은 자신의 성공이나 성취조차 인식하지 못한 채, 다음 목표를 향해 쫓기듯 달려간다. 여유가 있는 사람은 작은 성공이나 성취에도 그 속에서 행복을 발견할 줄 알고, 순간순간 삶의 기쁨과 즐거움을 발견하고 누린다.

"여유로운 삶이 없다면,
우리는 스스로를 기계처럼 다루게 된다."

러셀의 이 말처럼, 삶의 여유는 인간다움을 지켜주는 중요한 요소이다. 우리는 여유가 없을 때 끊임없이 무언가를 해야만 하는 강박 관념에 사로잡히고, 무엇인가를 이루려고만 한다. 마치 기계처럼 말이다. 더 놀라운 사실은 여유가 없는 사람은 정작 그 성취의 과정에서 그 어떤 살맛도, 즐거움도, 기쁨도 느끼지 못한다는 점이다.

삶의 여유가 없는 상태에서는 아무리 큰 성공을 하더라도, 그 성공은 진정 자신의 것이 아니라는 사실을 우리는 알아야한다. 이런 경우의 대표적인 인물이 바로 경영의 신으로 불리

는 일본의 유명한 기업가이자 사상가였던 마쓰시타 고노스케
(松下幸之助)이다.

그는 엄청난 큰 성공을 이뤄낸 인물이다. 자신의 회사를 세계적인 기업으로 성장시켰다. 어마어마한 성공과 성취를 해냈지만, 정작 그는 자신이 기계처럼 일만 했다는 것을 깨닫게 되었다. 그가 최고의 성공 정점에서 내던진 말은 충격적이다.

"나는 왜 이렇게도 삶이 공허한가?"

기계처럼, 삶의 여유도 없이, 하루 18시간 이상을 일만 하던 그는 결국 최고의 성공 정점에서 그 어떤 삶의 행복도, 즐거움도, 기쁨도 상실한 채, 더 이상 일을 계속할 수 없다는 진단을 받게 된다. 인간은 기계가 아니다. 그런데 기계처럼 일만 하면, 당연히 심각한 피로와 스트레스로 몸과 마음이 망가지는 것은 당연한 일이다.

그는 모든 일에서 손을 놓아야 했고, 오사카의 작은 정원에서 비로소 삶의 여유를 맛보게 된다. 그는 회사와 업무 대신에 매일 정원을 돌며, 꽃과 나무를 보고, 책을 읽으며, 차를 마셨

다. 그 과정에서 그는 진정한 삶의 여유를 처음으로 느끼게 된다. 그러자 살맛도 나고, 삶의 즐거움과 기쁨도 발견하게 되고, 자신의 삶을 돌아보게 되었다. 삶의 진정한 기쁨과 즐거움, 삶의 맛을 음미하는 순간을 경험하게 된 것이다. 그의 회고록에는 이 순간의 감정을 이렇게 표현했다.

> "삶의 여유를 통해 나는 진정한 인생의 맛을 알게 되었다.
> 이전까지는 성공을 위해 달렸지만, 이제는 그 순간들을
> 음미하며 나 자신을 돌볼 줄 알게 되었다."

그렇다. 성공만을 위해 달리는 것은 자신을 기계로 만들고, 노예로 전락시키는 것이다. 진정한 인생의 맛은 삶의 여유를 통해 발견할 수 있고, 누릴 수 있다. 그는 그 후 직원들에게도 성과만을 추구하지 말라고 말하기 시작했다. 삶의 여유 속에서 의미와 가치, 즐거움과 기쁨을 발견하는 것이 중요하다는 사실을 그는 진정 깨달았다.

지금 당신의 삶은 어떤가? 삶에 여유가 있는가? 그래서 살맛 나는 인생을 살고 있는가? 아니면 성공과 성취만을 향해 쉼 없이 달려가고 있는가? 당신은 무엇을 위해 그렇게 달려가

고 있는지 스스로 반문해야 한다. 여유가 없는 삶은 아무리 성공을 한다고 해도, 그것은 진짜 성공이 아니기 때문이다. 여유가 없는 삶은 그 자체로 실패한 삶이다. 여유가 없는 사람은 그 자체로 '인생의 맛과 삶의 기쁨' 등을 잃어버린 삶을 살게 되기 때문이다.

여유가 없는 삶은 자신의 인생을 낭비하며, 기쁨과 즐거움의 근원을 파괴한다. 여유를 찾는 순간, 인생이 살맛 나고, 하루하루가 의미 있는 경험으로 채워지게 된다. 삶의 여유가 있을 때, 우리는 삶의 매 순간을 음미할 수 있고, 누릴 수 있다. 그래서 여유는 단순한 선택의 문제가 아니다. 그것은 인생을 풍요롭게 살기 위한 필수 요소다.

삶의 여유는 자신의 인생을 조용히 느끼고 들여다보는 시간이다. 그 안에는 나 자신이 반드시 있어야 한다. 세상과 타인이 아닌, 바로 자기 자신이 있어야 한다. 자신을 조용히 대면하는 시간이다. 그 순간을 통해 자신을 되찾아야 하고, 세상과 타인의 구속과 기대와 평가와 시선에서 자신을 진정으로 해방해야 한다. 그렇게 될 때, 비로소 살맛 나는 인생을 맛보고, 경험하게 된다.

무엇 때문에 그렇게 아등바등 살고 있는가? 지금 당신의 삶에 여유가 없다면, 살맛 나지 않는다면, 잠시 멈춰 자신에게 여유를 선사해야 한다. 그것이 당신이 가장 먼저 해야 할 의무이자 특권이다. 우리는 무엇을 위해 이렇게 달려가고 있는가? 여유가 없는 인생은 결국 허무해지고 만다. 여유는 삶의 의미와 기쁨을 되찾게 해 준다. 그런 점에서 삶의 여유가 없다면, 그 삶은 진정으로 사는 것이 아니다.

우리는 여유를 통해 삶의 진정한 맛을 음미할 수 있고, 기쁨을 누릴 수 있다. 이런 사실을 일찍이 우리에게 알려준 동양의 철학자들은 너무나 많다. 먼저 송나라의 철학자 주희(朱熹)는 《주자어류(朱子語類)》에서 이런 말을 한 적이 있다.

"여유는 내면의 공간을 만드는 일이다.
여유가 없는 자는 모든 것을 쫓기듯 행하며,
그 속에서 아무런 기쁨도 느끼지 못한다."

그는 여유 없는 삶은 결국 인간과 삶을 망친다고 말한다. 여유가 없는 자는 모든 것을 쫓기듯 행하기 때문에, 인간의 마음을 황폐하게 만든다는 것이다. 여유가 없는 자는 삶의 매 순간

여섯 가지 유를 가져라

들을 그저 의무로 전락시킬 뿐이라고 우리에게 말한다. 반면, 여유를 가진 사람은 매 순간을 음미할 줄 알고, 그 속에서 삶의 기쁨과 즐거움, 삶의 의미와 가치를 발견한다는 것이다.

삶의 여유란, 삶과 마음에 여백을 두는 것이다. 여백이 있는 삶이야말로 진정으로 풍요로운 삶이다. 여백이 있는 삶이야말로 진정으로 인생의 맛을 느낄 수 있다. 삶의 여백, 삶의 여유는 우리로 하여금 지금, 이 순간을 온전히 살아가게 한다. 여유가 없는 사람은 삶의 소중한 순간들을 지나쳐버리기 때문이다. 그 안에서 진정한 기쁨과 즐거움, 삶의 의미와 가치를 발견할 수 있음에도 말이다. 이것보다 더 큰 인생 낭비는 없다.

그러므로 삶의 여유는 삶의 본질을 회복하는 과정이다. 그 본질에는 삶의 기쁨과 즐거움이 오롯이 담겨 있다. 삶의 여유가 없다면, 우리는 삶의 방향도 목적도 잃어버리게 되고, 그저 세상과 타인에 떠밀려 살아가게 된다. 이제는 이런 삶을 멈추고, 삶의 여유를 되찾아야 한다. 여유를 통해 당신의 삶을 온전히 음미하고, 그 속에서 진정한 인생의 맛을 찾아야 한다.

우리의 선조 율곡 이이는 《격몽요결》에서 삶의 여유에 대해 이런 말을 한 적이 있다.

"여유가 없는 삶은 그 자체로 무의미하다."

그렇다. 삶의 여유가 없는 삶은 삶이 아니다. 율곡 이이는 삶의 여유를 삶의 기쁨과 즐거움을 음미할 수 있는 힘으로 규정했다. 독특하게 그가 말하는 여유는 일상에서 확장되어, 학문에서, 세상에서의 여유이다. 그는 공부할 때도 여유를 가지지 않으면, 지식이 머릿속에 스치고 지나갈 뿐, 결코 진정한 지혜로 남지 않는다고 보았다. 세상에서도, 그 어떤 어려움 속에서도 여유를 가진 자는 결코 자신을 잃지 않는다고 말한다. 이런 교훈은 삶의 여유를 학문과 세상으로 확장하는 개념으로 필자는 생각한다.

조선 시대 성리학의 대가인 퇴계 이황도 삶의 여유를 중요시한 인물이다. 그는 자신의 저서 《성학십도》에서 삶의 여유에 대해서 이런 말을 남겼다.

"사람은 언제나 마음의 여유를 지니고,
스스로를 주도할 수 있어야 한다."

여섯 가지 유를 가져라

그렇다. 우리는 스스로 조급한 마음을 경계해야 한다. 여유가 없고, 조급해지면, 우리는 쉽게 우리 자신을 잃어버리게 된다. 삶의 여유를 가진 자는 자신의 마음을 스스로 통제할 수 있다. 즉 삶을 주도적으로 살아갈 수 있다. 그래서 이황은 군자가 갖추어야 할 덕목 중 하나로 여유를 꼽았다. 그래서 그는 "군자는 서두르지 않는다.(군자불추, 君子不趨)"라고 말했다.

여유를 가져야, 진정으로 현명하고 넓은 안목을 가질 수 있기 때문이다. 여유를 잃어버린 자는 매사에 조급하고 급하게 행동한다. 이것은 더 큰 실수를 초래하고, 그로 인해 더 많은 실패를 이끌게 되며 결국 자신과 삶을 피폐하게 만든다. 반면, 삶의 여유가 있는 사람은 상황에 휘둘리지 않고, 침착을 유지할 수 있고, 자기만의 속도로, 주도적으로 삶을 통제해 나갈 수 있다.

삶의 여유는 진정한 삶을 우리에게 되찾아준다. 여유가 있을 때, 비로소 우리는 삶을 온전히 누리고, 즐기고, 경험하며, 그 속에서 진정한 삶의 의미와 가치, 인생의 행복과 기쁨을 발견할 수 있다.

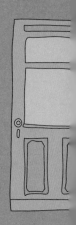

제 2 장

삶의 사유(思惟)

"무엇보다 중요한 것은 멈춰 서서 생각하는 것이다."

_ 아리스토텔레스

"이것이 바로 인간의 위대함이다.
인간은 사유할 줄 아는 유일한 존재이다."

_ 블레즈 파스칼, 《팡세》

"사유하는 것은 영혼의 대화이다."

_ 플라톤

여섯 가지 유를 가져라

생각 좀 하며 삽시다!

현대 사회는 생각할 시간을 허락하지 않는다. 우리는 매 순간 빠르게 판단하고 결정을 내려야 한다. 현대 사회는 속도전이다. 그래서 우리는 생각 없이 살아가는 것에 점점 익숙해지고 있다. 하지만 세상과 타인이 정해준 길을 아무 생각 없이 살아가는 것은, 진짜 우리 삶이 아닌지도 모른다.

사유 없는 삶은 내 삶의 주도권을 빼앗기는 것이기 때문이다. 《장자》라는 책의 〈양생주〉편에 보면, 장자가 사유 없는 삶을 아주 강력하게 경고하는 문장이 나온다. 장자는 사유 없는 삶을 삶이 아니라고 말했기 때문이다.

장자는 "생각하지 않는 삶은 그저 생존일 뿐, 삶이 아니다."
라고 경고했다. 또 그는 사유 없는 삶은 스스로를 갉아먹는 것
과 같다고 말했다. 사유하지 않고 세상과 타인에 휩쓸려 살아
가는 것은 "자신의 도끼로 스스로를 찍어내는 것"과 같다고 말
한다.

장자가 말한 '사유 없는 자'는 어떤 자일까? 이들은 그저 맹
목적인 삶을 사는 이들이다. 그저 세상과 타인의 기준과 평가
에 쫓겨 다니며, 정작 자신이 어디로 가고 있는지를 모르고 무
작정 살아가는 이들이다. 이런 사람들의 가장 큰 특징은 세상
과 타인이 만들어 준 길을 가고, 그들이 정해준 목적지에 이르
기 위해 달려가지만, 자신이 왜 그렇게 달려가는지 묻지 않는
맹목적인 삶을 산다. 이러한 삶은 그 자체로 비극이며, 인생 최
대의 낭비며, 실패다. 사유 없는 자는 매사에 수동적이고, 무언
가를 선택한다고 생각하지만, 사실 그들은 '선택할 수 있는 힘'
조차 잃어버린 존재다. 선택할 수 있는 힘은 진정한 사유에서
나오기 때문이다.

그의 주장은 고대 그리스 철학자 소크라테스가 남긴 말과
도 맥락이 일치한다.

"생각하지 않는 삶은 살아도 사는 것이 아니다."

그렇다. 생각 좀 하며 살지 않는 삶은 제대로 사는 것이 아니다. 그것은 가짜다. 그 삶은 타인과 세상의 삶이다. 타인과 세상이 이미 만들어 놓은 길을 그대로 가는 것이기 때문이다. 우리는 하루에도 수백 가지 결정을 내리며 살지만, 정작 사유하지 않고 산다. 그저 주어진 대로, 어제와 별반 다를 바 없는 삶을 오늘 또 그대로 살아간다. 마치 다람쥐 쳇바퀴 돌 듯이 말이다.

사유를 거창하게 생각해서는 안 된다. 사유는 철학자들의 전유물이 아니다. 인간이라면 마땅히, 자연스럽게 해야 하는 것이다. 인간을 인간답게 만들어 주는 유일무이한 도구가 사유이기 때문이다. 사유하지 않는다는 것은 인간이기를 포기하는 것과 다름없다. 이런 사실에 대해 강조한 인물이 바로 독일의 철학자 한나 아렌트다.

그녀는 무엇보다 사유의 중요성을 강조하는 인물이다. 그는 자신의 저서 《인간의 조건》을 통해, 이런 말을 했다.

"사유하지 않는 자는 인간다움을 잃는다."

실제로 그녀는 사유하지 않아서, 인간다움을 잃은 실제 인물인 아돌프 아이히만의 이야기를 우리에게 한다. 그는 나치독일의 장교이자, 홀로코스트의 주범 중에 하나다. 상상도 할 수 없는 끔찍한 악을 저질렀던 인물이다. 하지만 그를 실제로 보면, 너무나 평범해 보이기 때문에 놀라지 않을 수 없었다고 한다. 그저 우리 이웃에 흔하게 살고 있는 평범한 사람과 다르지 않은 그가 어떻게 해서 그렇게 끔찍한 악을 저지르게 되었던 것일까? 평범한 그는 왜 악인이 되었을까?

그 이유가 바로 사유하지 않았기 때문이다. 아렌트는 이런 사실을 "악의 평범성(Banality of Evil)"이라는 개념으로 설명한다. 아이히만은 그저 명령을 따랐을 뿐이라고 말한다. 이것이 사유하지 않는 자의 위험성이다. 그는 정말 평범한 사람이었다고 생각된다. 하지만 스스로 생각하지 않음으로써, 상부에서 시키는 일을 아무 생각 없이, 그저 행동으로 옮긴 것이다. 사유하지 않고, 타인의 명령을 맹목적으로 따르는 것은, 평범한 사람도 인류 역사상 가장 끔찍한 비극 중에 하나를 일으킨 주범으로 바꾸어 놓을 수 있다.

그래서 우리는 생각 좀 하며 살아야 한다. 생각함으로 우리는 책임지는 사람이 될 수 있고, 도덕적 판단을 내릴 수 있는 존재로 거듭나기 때문이다. 사유하지 않고 사는 사람은 자기 행동에 대해 책임을 외부로 전가하며, 책임지지 않으며, 세상과 타인에게 주는 영향과 결과에 대해서는 무감각해진다. 그래서 아렌트는 생각하지 않는 삶은 인간이기를 포기한 삶이라고 한다.

사유는 선택의 문제가 아니다. 사유하지 않는다는 것은 인간이기를 포기하는 것과 같다. 사유가 얼마나 중요한 것인지 우리는 인식해야 한다. 사유는 인간을 인간답게 만드는 가장 중요한 행위이다. 사유를 상실할 때, 인간은 스스로 인간다움을 포기하는 것이다.

그렇다면 진정한 사유는 무엇일까? 고대 철학자 플라톤은 사유를 자기 자신과의 대화라고 정의했다. 사유는 세상과 타인의 방해에서 벗어나, 자기 자신과 깊이 대면하고, 자신과 대화하고, 스스로 질문을 던지고, 그 답변을 들려주는 자신의 목소리를 경청하는 것이다.

'우리는 무엇을 위해 살아야 하는가?'

'지금 우리는 제대로 잘, 살고 있는가?'

'지금 우리의 삶의 방향은 올바른가?'

'우리는 왜 이 일을 하고 있는가?'

이러한 질문들을 스스로에게 던지고, 자신의 목소리로 들려주는 답변을 경청하는 것이 자신과의 대화다. 우리는 인간이다. 인간은 누구나 사유할 수 있고, 그 사유는 우리를 진정한 인간으로 만들어 준다. 우리는 누구나 삶의 본질에 접근할 수 있다. 삶의 본질에 접근할 수 있는 유일한 방법이 사유다. 자기 자신과의 대화인 사유가 없는 삶은 그저 흐르는 강물처럼 방향 없이 흘러갈 뿐이다.

> "사유란 영혼이 스스로와 대화하는 과정이다. 영혼이 스스로에게 질문을 던지고 답을 찾아가는, 자기와의 대화가 바로 사유이다."
>
> _ 플라톤, 《테아이테토스》, 189e-190a

플라톤은 자기 자신과의 대화와 자기 성찰이 필요한 이유를 '동굴의 비유'를 통해 설명한다. 동굴 속에 갇힌 사람들이 외부의 빛을 보지 못하고, 그저 동굴 벽에 비친 그림자만을 실재라고 받아들인다. 하지만 그림자는 실재가 아니다. 동굴 속에 갇힌 사람들은 어떻게 해야 할까? 바로 이때 필요한 것이 자기와의 대화다. 이러한 상태에서 벗어나기 위해서는 깊이 있는 사유, 즉 스스로에게 질문을 던지고 답을 찾아가는, 자기와의 대화가 필요하다.

동굴에서 빠져나와 바깥을 보기 위해서는 자기 자신과의 대화, 즉 사유가 필요하고, 그것을 통해 세상과 자신을 성찰할 수 있고, 삶의 본질에 접근할 수 있다. 자기 내면과의 대화가 없는 사람은 동굴 속에 갇혀 그림자에 불과한 현실을 실재라고 생각하며, 삶의 진짜 본질을 깨닫지 못한 채 무의미하게 떠돌게 된다.

자기 자신과의 대화, 즉 사유가 없는 사람은 자기 자신을 잃어버리고, 그저 흘러가기만 하는 삶을 산다. 사유가 없는 사람은 거센 물살에 그저 떠내려가는 죽은 물고기와 같다. 반면 사유가 있는 사람은 거센 물살을 거슬러 올라가는 살아가는 물고기다. 이것이 사유의 힘이다. 아무리 거센 물결이라도 살아있는 물고기는 그것을 극복할 수 있다. 그런 점에서 사유는 생명력이다. 인간을 인간답게 살아가게 하는 생명 말이다.

그렇다. 사유는 생명과 같다. 생명이 없다면, 그것은 진짜 삶이 아니다. 생명을 유지하기 위해 공기는 필수 요건이다. 인간을 인간답게 유지하기 위해 사유는 공기와 같다.

여섯 가지 유를 가져라

생각하지 않으면
사는 대로 생각하게 된다

독일의 위대한 철학자 칸트(Immanuel Kant)는 자신의 저서 《순수이성비판》에서 "사유는 모든 인식의 근원이며, 인간의 자유의 조건"이라고 말했다. 인간의 자유는 무엇일까? 그것은 사는 대로 흘러가는 삶은 아닐 것이다. 세상과 타인의 명령과 지배 속에서 벗어나 자기 삶을 주도적으로 이끌고 살아가는 것이 자유가 아닐까? 자신의 인생길과 운명을 스스로 개척하는 삶이 자유로운 삶이다.

이런 삶을 살기 위해 우리는 어떻게 해야 할까? 바로 사유하는 힘이 필요하다. 사유하는 자는 진정 자기 삶을 개척할 수 있는 존재다. 사유하는 힘은 자신의 삶을 창조해 나갈 수 있게 해 준다.

생각하지 않으면, 사는 대로 생각하게 된다. 생각하지 않으면, 우리 뇌도 사는 대로 만들어진다. 최근 뇌과학자들이 사유에 관해 놀라운 사실을 밝혀냈다. 인간이 사유할 때 우리 뇌는 어떤 일이 일어날까? 연구 결과에 따르면, 사유하는 순간 인간의 뇌는 전두엽과 해마 사이의 연결을 강화하며, 뇌의 회로 자체가 변형된다고 한다. 즉 생각할 때, 우리 뇌는 재구성된다는 말이다. 이 연구가 의미하는 바는 대단히 크다. 사유가 단순한 정신적 활동이 아니라는 말이다. 사유는 실제로 물리적으로 우리의 뇌를 재구성한다는 말이다. 즉 생각을 하면, 인간의 뇌가 물리적으로 재구성된다. 놀라운 일이다.

사유는 우리의 뇌를 재구성한다. 그리고 그것은 사유가 세상과 자기 자신의 삶을 창조해 나갈 수 있다는 말이다. 뇌를 물리적으로 바꾸고 창조한다는 말은 우주를 그렇게 할 수 있다는 말과 같은 의미이기 때문이다.

멈춰 서서 생각하지 않는 자는 스스로 어디로 가고 있는지 알 수 없을 뿐만 아니라, 뇌를 재구성할 수도 없고, 세상과 자신의 삶을 창조할 수 있는 소중한 기회도 스스로 차버리는 것과 같다. 생각하지 않고 살아간다는 것은 삶을 낭비하는 정도가 아니라, 새로운 삶을 창조할 수 있는 기회와 환경을 스스로 차버리는 것이다.

생각하지 않으면, 그저 수동적인 삶을 살고, 세상과 타인이 만들어 놓은 길을 맹목적으로 가는 것으로 끝나지 않는다. 새로운 세상과 삶을 창조할 수 있는 어마어마한 기회와 환경을 스스로 차버리는 것이며, 그것은 인생 최고의 실패다.

생각하지 않는 삶은 어둠 속에서 홀로 걷는 정도로 끝나지 않는다. 허무와 불행한 삶을 스스로 창조하는 것과 다름없다. 인간이기를 포기하고, 스스로를 기계로 전락시키는 그런 인생을 애써서 창조하는 것과 같다. 생각하지 않는 순간, 삶의 주도권을 잃는 것으로 끝나지 않는다. 생각하지 않는 인생은 100억 이상의 가치가 있는 새로운 삶을 스스로 쓰레기통에 버리는 행위를 하는, 낭비하는 인생과 같다.

자기가 진정 원하는 삶을 살아갈 자유는 저절로 얻어지지 않는다. 세상에는 공짜가 없다. 정말 없다. 하물며, 가장 소중한 자유가 저절로 얻어지겠는가? 순진한 독자들이여, 스피노자의 말을 통해 우리는 자유도 성취해야 한다는 사실을 알 수 있을 것이다.

스피노자는 자신의 저서 《에티카(Ethica)》에서 "인간의 자유는 사유를 통해 자신이 살아가는 방식을 재정립할 때 비로소 성취된다."라고 주장했다. 그렇다. 인간의 자유는 저절로 성취할 수 없다. 우리가 태어나 밥을 먹고, 학교를 다니고, 회사에 취직해서 열심히 돈을 벌면서 사회 구성원으로 당당히 살아간다고 해서, 저절로 얻어지는 것은 아니다.

돈도 저절로 얻을 수 없다. 뼈 빠지게 일을 해야 돈을 벌 수 있다. 하물며 돈보다 열 배, 백 배, 천 배 이상 더 가치 있는 자유가 저절로 얻을 수 있겠는가? 자유는 당신이 그토록 하기 싫어하는 사유를 통해, 자신이 살아가는 방식을 재정립할 때, 비로소 성취할 수 있다.

생각하지 않고 사는 자는 자유를 성취할 수 없다. 그뿐만 아니라 소유의 세계에 갇히게 된다. 여기에는 큰 의미가 있다. 20세기 프랑스의 철학자 가브리엘 마르셀(Gabriel Marcel)은 《존

여섯 가지 유를 가져라

재와 소유》라는 책을 통해, "사유 없는 자는 소유의 세계에 갇히며, 자신의 존재를 타인의 관념 속에 제한시킨다."라고 강조했다. 내가 소유하는 물건을 나의 성공, 나의 인생, 나의 가치, 나의 성과로 착각하는 순간, 당신은 그 소유에 지배당하고, 당신 자신을 잃게 된다고 그는 말한다.

그렇다. 사유하는 자는 소유를 진정 소유할 수 있는 소유의 주인이 되지만, 사유하지 않는 자는 소유를 진정으로 소유할 수 없고, 소유의 지배를 당하고, 소유의 노예가 된다. 사유하지 않는 자는 소유의 노예가 될 뿐만 아니라, 세상과 타인이 만들어 놓은 규범과 명령의 노예가 된다. 그 과정에서 사유하지 않는 자는 자신을 잃어버리게 된다. 그 결과 사는 대로만 생각하는 자가 된다.

이것은 피상적인 삶과 다를 바 없다. 그래서 19세기 덴마크 철학자 쇠렌 키르케고르도 자신의 저서 《두려움과 떨림》을 통해, 이렇게 말한 바 있다.

"사유하지 않는 자는 삶을 피상적으로만 살아간다."

사유하지 못하는 자는 마치 호수 표면 위에 떠 있는 나뭇잎처럼 피상적인 상태에만 머물게 된다. 피상적인 삶은 자신의 감정과 사고를 깊이 들여다볼 수 없고, 세상과 타인을 깊이 이해하지 못한다. 이런 과정과 삶은 결국 공허함만이 남게 된다.

　　사유 없는 삶은 사는 대로 생존할 뿐, 진정으로 살아갈 수 없다. 사유 없는 삶은 세상과 타인이라는 호수 표면 위에 떠 있는 삶과 같다. 사유하는 삶은 진정으로 살아가는 삶이다. 사유하는 삶은 자신과 세상과 타인에 충실하고 풍요로운 삶이다. 사유하지 않는 삶은 타인과 세상에 갇히고, 떠내려가는 피상적인 삶이지만, 사유하는 삶은 타인과 세상을 진정으로 이해하고, 새로운 세상을 창조하는 충만한 삶이다. 사유하는 삶은 사는 대로 생각하지 않는다. 사유하는 삶은 생각하는 대로 삶을 창조해 나간다. 사유하는 삶은 삶에 구속당하지 않고, 새로운 삶을 개척한다. 이것이 사유의 힘이다.

　　사유하지 않는 삶, 피상적인 삶, 사는 대로 생각하는 삶과 같은 것이 현실에 반응하며 살아가는 삶이다. 이런 삶을 놀랍게 통찰한 인물이 니체다. 니체는 자신의 저서 《비극의 탄생》을 통해, 사유 없는 자는 그저 현실에 반응하며 살아간다고 말했다.

"사유 없는 자는 삶의 참된 비극을 이해하지 못하고, 그저 현실에 반응하며 살아간다."는 것이다. 그는 인간이 사유를 통해서 삶의 근원적 고통과 마주할 수 있다고 말한다. 그 고통 속에서 자신의 존재를 깊이 확인해야 한다는 것이다. 사유하지 않는 삶은 그저 피상적인 반응을 하며, 삶에서 경험할 수 있는 진정한 비극의 깊이와 의미를 경험하지 못한다고 강조한다.

즉 인간의 사유는 인간이 자신을 극복하고, 더 높은 경지로 나아가기 위한 첫걸음과 같다고 주장한다. 사유하지 않는 자는 피상적인 가벼움 속에 자신을 던져 버리는 자와 같다. 밀란 쿤데라는 《참을 수 없는 존재의 가벼움》을 통해, 이런 통찰을 우리에게 알려준다.

"생각하지 않는 자는 존재의 무게를 인식하지 못하고,
그저 피상적인 가벼움 속에 자신을 던져 버린다."

눈앞에 놓인 나뭇잎을 손으로 툭 치면, 흔들리듯, 그렇게 너무나도 가볍게 반응하는 삶이 사유하지 않는 삶이다. 인간은 깊이 있는 사유를 하지 않을 때, 나뭇잎과 다를 바 없이, 세상과 타인의 자극에 쉽게, 가볍게 반응하는 존재에 불과하다. 사유하지 않는 자는 삶의 무게도, 의미도, 가치도 인식할 수 없다. 그저 순간의 자극과 조건에 맹목적으로 반응한다. 그래서 깊이 생각하지 않는 자는 그저 반응하듯이, 사는 대로 생각하게 된다.

여섯 가지 유를 가져라

사유하는 인간을
회복하자

"사유가 없다면, 인간은 허무한 껍데기에 불과하다."

《어린 왕자》로 우리에게 잘 알려진 생텍쥐페리는 자신의 자전적 소설인 《인간의 대지》를 통해 우리에게 이런 말을 했다. 그렇다. 사유가 없는 인간은 허무한 껍데기에 불과하다. 당신은 어떤가?

사유하는 인간인가? 아니면 허무한 껍데기인가? 생텍쥐페리는 공군 조종사로 전투에도 참여했고, 평생 비행사로 하늘을 날아다녔다. 그가 하늘을 날며, 대지를 내려다보았을 때, 이런 생각이 들었을 것이다. 인간은 정말 사유하지 않고, 그저 떠

내려가고 있다는 사실을 말이다.

사유하지 않는 인간은 아무리 큰 성공을 만들고, 큰 성취를 이루어내어도, 결국에는 허무하고 비어있는 껍데기와 다르지 않다는 점을 그는 깨달았을 것이다. 인간의 진정한 가치는 사유에서 나온다. 사유를 통해 자기 성찰이 가능하고, 자신의 존재를 대면할 수 있기 때문이다.

자신의 존재를 성찰하는 사유를 통해 인간은 비로소 인간이 될 수 있다고 그는 말한다.

"인간이 된다는 것, 그것은 바로 책임감을 갖는 것이다. 자신과 관계없는 것처럼 보이는 세계의 비참함 앞에서도 부끄러움을 느끼는 것이다. 이러한 연대감이, 인간을 인간답게 하는 대지다."

그는 인간을 인간답게 하는 대지가 바로 연대감, 책임감이라고 생각했다. 그리고 그런 것들은 사유를 통해 깨달을 수 있기 때문에 사유하는 인간이 되어야 한다고 역설한다. 사유를 통해 우리가 우리의 역할이 무엇인지 깨달을 때, 비로소 행복할 수 있다고 한다. 그것이 평화롭게 살 수 있는 길이며, 또한 평화롭게 죽을 수 있는 길이라고 역설한다.

"우리가 우리의 역할을 자각할 때, 아무리 하찮은 역할일지라도 그 역할을 깨달을 때, 그때에만 우리는 행복할 수 있다. 그때에만 우리는 평화롭게 살고, 평화롭게 죽을 수 있다. 왜냐하면 삶에 의미를 주는 것은 죽음에도 의미를 주니까."

그렇다. 우리는 다시 사유하는 인간으로 돌아가야 한다. 사유하지 않는 인간은 인간다움에서 멀어진다. 그뿐만 아니라, 자신의 역할을 자각하지도 못한 채, 책임이나 연대감도 없이, 그저 세상을 떠돌기 때문이다.

그래서 "사유 없는 인간은 더 이상 인간이 아니다."라고 프랑스의 철학자 시몬 베유는 자신의 저서 중의 하나인 《중력과 은총》에서 말한 것인지도 모른다. 20세기의 위대한 여성 사상가인 그녀는 2차 대전 때에는 프랑스 레지스탕스 활동에도 뛰어들며, 불꽃같은 삶을 살았다. 그녀는 프랑스 명문 고등사범학교에서 철학을 전공하고, 교수 자격시험에도 합격한다. 그녀는 노동운동에도 깊은 관심을 가진다. 그래서 자동차공장 여공으로 들어가서 노동자 생활도 하게 된다. 그녀의 불꽃같은 삶과 사색은 죽은 뒤 책으로 출간되고, 그 책은 전쟁에 지친 온 인류를 위로해 주는, 위대한 영혼의 목소리가 되었다. 시몬 베유는 한낱 이름 없는 여인에서 고귀한 사상가로 거듭나게 된 것이다.

그녀는 말한다. 인간이 사유를 포기하는 순간, 스스로의 존재를 부정하는 것과 같다고 말이다. 사유하지 않는 자는 살아 있으나 죽은 자와 같다는 것이다. 그녀는 자신의 저서를 통해 사유는 선택이 아니라, 인간의 영혼을 지탱하는 최후의 성소로 묘사한다. 또한 그녀는 사유를 우리의 내면을 비추는 은총의 빛이라고 말하면서, 사유 없이는 인간이 자신의 내면을 볼 수 없다고 한다.

그녀는 우리가 살아갈 때 느끼고 경험하게 되는 모든 현실의 무게를 중력에 비유한다. 즉 중력은 우리가 어떻게 할 수 없는 힘이며, 우리를 무기력하게 하고, 불행하고 하고, 고통의 근원으로 존재한다. 하지만 이런 고통 속에서 인간은 사유를 통해, 이런 고통과 무기력과 현실의 무게를 초월할 수 있다고 한다. 그것이 바로 은총이며, 은총의 법칙이라는 것이다.

여섯 가지 유를 가져라

"중력의 법칙은 모든 존재에게 적용되지만, 은총의 법칙은 오직 사유하는 영혼에게만 작용한다."

그렇다. 인간은 사유를 통해서 자신을 초월할 수 있고, 현실을 초월할 수 있고, 중력을 거스를 수 있다. 우리는 살아가면서 현실적, 물질적, 사회적으로 수많은 제약과 압력을 경험한다. 이 모든 것이 중력이며, 이런 중력에 매몰되면, 인간은 세상과 타인이 만들어 놓은 기준과 규범 속에서 끌려다니거나, 표류하게 된다. 이것이 무서운 이유는 우리 자신을 잃게 되고, 인간다움에서 멀어지게 되기 때문이다.

사유하지 않는 인간은 피상적 존재로 전락한다. 우리가 사유하는 인간을 회복해야 하는 이유다. 사유하지 않는 인간은 그저 살아가는 데 급급하다. 그것이 최선이 된다. 하지만 사유하는 인간은 다르다. 사유하는 인간은 삶의 진정한 의미를 탐구하고, 존재의 본질을 이해하며, 자기 자신과 깊은 대화를 통해, 인간다움을 회복한다. 무엇보다 사유하는 인간은 인간다워질 수 있다. 사유는 인간 회복의 도구이며, 여정이다.

그래서 시몬 베유는 "인간이 사유를 잃는 순간, 그 영혼은 무너진다."라고 까지 말했던 것인지도 모른다. 현대인들은 너무나도 쉽게, '멘탈이 무너졌다.' '멘붕이 왔다.'라는 말을 사용한다. 하지만 이것이 과장이 아닌지도 모른다. 현대인만큼 사유하는 것을 싫어하는 인류도 없기 때문이다. 어쩌면 사유하지 않는 인간인 현대인들은 단지 허공에 떠도는 껍데기 삶을 살아가고 있는지도 모른다.

사유의 부재는 단순한 지적 나태가 아니다. 그것은 인간이 인간임을 부정하는 것이다. 사유의 부재는 인간다움을 상실하는 비극으로 이어진다. 현대인들의 불행과 고통은 현실적 상황의 문제라기보다는 사유할 수 있는 힘을 잃었기 때문인지도 모른다.

인간이 더 이상 스스로의 존재를 사유하지 못하고, 삶의 이유와 의미를 성찰하지 못할 때, 우리는 더 이상 스스로를 주체적 존재, 즉 인간이라 부를 수 없다.

사유의 부재는 단순한 문제가 아니다. 사유하지 못하는 인간만큼 나약한 존재도 없기 때문이다. 사유하는 인간을 우리가 가장 먼저 회복해야 하는 이유도 이것이다. 사유하는 인간

여섯 가지 유를 가져라

만큼 강한 존재도 없기 때문이다. 사유하는 인간은 현실의 무게에 짓눌리지 않고, 그 속에서 자신만의 삶의 길을 찾을 수 있다. 사유하는 인간은 삶의 의미와 가치를 발견하기 때문에, 그어떤 고통과 시련 속에서도 견디어 낼 수 있다. 사유는 당신을 인간답게 만들어 줄 뿐만 아니라, 강한 인간으로 만들어 준다. 그래서 베유는 "사유 없는 인간은 고통을 이겨내지 못하고, 영혼의 죽음에 이른다."라고 말한 것인지도 모른다.

사유 없는 삶은 그저 살아가는 데 그친다. 세상과 타인이 만들어 놓은 기준에 자신을 내맡기고, 타인의 기대와 세상의 규범에 끌려다니며, 자신의 삶을 잃어버린 채, 살아 있으나 죽은 자로 전락하게 된다. 이제 우리는 다시금 사유하는 인간을 회복해야 한다. 현실이라는 중력의 힘에 짓눌리지 않고, 사유를 통해 자신의 영혼을 자유롭게 해야 한다. 사유는 인간이 진정한 의미에서 자신을 만날 수 있는 유일한 길이며, 그 길을 통해 우리는 비로소 온전한 인간으로 살아갈 수 있기 때문이다.

천천히 음미하면서
살아가는 삶!

"진정한 행복은 고통의 부재와 내적 평화에서 비롯되며,
이는 감각적 쾌락에 탐닉하는 것이 아니라,
매 순간을 깊이 음미하며 살아가는 데서 얻어진다."

우리는 알아야 한다. 삶이란 그것을 음미할 때 비로소 그 참된 가치가 드러난다는 사실을 말이다. 고대 그리스의 철학자 에피쿠로스(Epicurus)는 삶의 진정한 행복이란 느리게, 천천히, 그리고 깊이 있는 사유 속에서 찾아온다고 주장했다. 에피쿠로스가 쓴 원고 중에 현존하는 원고 전체 8편 중의 하나인 '메노이케우스에게 보낸 서신'에 보면 이런 말이 나온다.

여섯 가지 유를 가져라

"삶의 목표는 고통의 부재와 마음의 평정, 즉 아타락시아 (ataraxia)에 있다."

서양의 노자라고 불리는 에피쿠로스는 진정한 행복은 방탕과 욕망 충족이 아니라 모든 정신적, 육체적 고통으로부터의 해방이 된 상태, 즉 평정심에 있다는 사상을 설파한 인물이다. 이는 곧 삶을 서두르지 않고, 매 순간을 의식적으로 음미하며 살아가는 데서 오는 내적 평화와 고요를 강조한다. 이것이 바로 어떤 욕망과 상황에서도 흔들림 없이 살게 하는 '아타락시아'를 누리는 삶을 의미한다.

하지만 현대인은 천천히 음미하면서 살아가는 삶을 잃어버렸다. 그저 쉴 새 없이 흘러가는 시간을 따라잡으려 바삐 움직이는 삶에 길들여져 있다. 이런 정신없이 바쁜 삶은 에피쿠로스가 말한 진정한 행복인 아타락시아를 누리는 길과 멀어 보인다. 진정한 행복의 방법과 삶의 의미를 현대인들은 점차 잃어가고 있다. 과연 우리는 무엇을 위해 그렇게 바쁘게, 정신없이, 달리고 있는가?

우리에게 필요한 것은 더 큰 성공과 더 많은 물질이 아니라,

천천히 음미하면서 살아가는 삶, 즉 아타락시아를 누리는 길이다. 에피쿠로스는 자신의 말을 실천하며 살았던 인물이기도 하다. 그는 아테네 외곽에 자신만의 정원을 조성하고, 제자들과 함께 그곳에서 삶을 천천히 음미하면서, 느리게 살았던 인물이다.

'천천히 음미하며 살아가는 삶'이란 그저 게으름을 피우거나, 아무런 목표 없이 살아가는 삶이 아니다. 오히려 이러한 음미 속에서 자신을 성찰하고, 삶의 본질을 탐구하고, 잃어버린 자아를 발견하는 삶이다. 천천히 음미하는 삶은 곧 세상과 인생의 본질을 탐구하고, 영혼의 성장을 위한 고요한 토양이 된다.

우리는 지금 당장 서두르는 삶을 멈추고, 천천히 인생을 음미하면서, 자기 내면과 대화하고, 인생을 성찰하는 시간을 가져야 한다. 그것이 진정 참된 인생을 살아가는 방법이기 때문이다.

바쁠 망(忙)의 바쁘다는 한자는 마음(㲋)이 망했다(亡)는 의미이다. 하지만 바쁘게 살면, 마음만 망하는 것이 아니다. 자신의 인생도 망하고, 자신도 망하고, 세상도 망한다. 자신이 너무 바

여섯 가지 유를 가져라

쁘면, 가족관계도 망한다. 인간관계도 망한다. 당신이 바쁘면, 망하고 손해 보는 것이 한두 개가 아니다.

우리 인생은 그저 존재해서는 안 된다. 이것은 동물이 더 잘한다. 동물보다 더 차원 높은 생존은 의식적으로 살아내는 것이어야 한다. 그리고 이것은 인간만이 할 수 있다. 의식적으로 살아낸다는 것은 사유를 통해, 천천히 음미한다는 것을 말한다.

동물의 인생은 음미할 가치가 없다. 하지만 인간의 그것은 다르다. 무조건 맹목적으로 바쁘게 살아가기에는 너무나 소중하고 가치가 있다. 인간의 삶은 충분히 음미할 가치가 있다. 가치가 있는 그 어떤 물건이라면, 그 가치에 맞게 대우를 해 줘야 한다.

우리가 매 순간을 깊이 음미하면서 살아야 하는 이유는 또 있다. 이렇게 사는 것이 훨씬 더 행복하고 충만하고 풍요로운 삶이기 때문이다. 소유나 성취가 많다고 해서 충만하고 풍요로운 삶이 아니라, 삶의 순간순간을 음미하며, 그 순간을 진정 자기 것으로 만들고, 그 속에서 자기를 발견하는 삶이 풍요로운 삶이다.

　당신의 소유는 삶 그 자체가 될 수 없다. 언제든 사라질 수 있고, 도둑맞을 수 있고, 가치가 반토막 날 수 있다. 천천히 음미하며 살아가는 삶이야말로, 진정한 우리의 삶, 그 자체가 될 수 있다. 우리의 일상이 반복적이고 지루하게 느껴진다면, 그것은 삶을 경험하는 우리의 방식에 문제가 있으며, 잘못되었기 때문이다. 그 문제는 속도다. 우리는 너무 바쁘게, 정신없이 살아간다. 그래서 우리는 삶의 속도를 늦추어야 한다. 천천히 음미하면서 살아간다면, 우리는 그 순간을 온전히 경험하며, 삶을 되찾을 수 있고, 잃어버린 자신을 만날 수 있다.

참된 사유는
인간이 누릴 수 있는 최고의 삶이다

"인간은 생각하는 힘을 통해 자신을 초월할 수 있는 존재다.
그러나 사유를 멈춘 순간, 그는 자신의 가능성을 포기하고,
타인의 이익을 위한 도구로 전락할 뿐이다."

이탈리아의 사상가이자 혁명가인 안토니오 그람시가 자신
의 대표작이기도 한 《옥중수고》에서 한 말이다. 그는 파시스트
정부에 반대하다가 투옥되어, 11년 동안 감옥생활을 하게 된
다. 그때 그는 많은 저술을 남기는데, 이 책도 그중 하나다. 그
가 수감 중에 쓴 일련의 노트이기도 하다.

그는 사유의 중요성을 통해 혁명을 이야기한 혁명가이기도

하다. 모든 혁명의 시작은 사유의 혁명에서 시작되어야 한다고 강조한 인물이기 때문이다. 그는 사유하지 않는 자는 타인의 도구로 전락될 뿐이라고 강조한다. 그러면서 사회적 해방을 위한 필수적 도구가 또한 개인의 사유임을 설파한다. 동시에 그는 인간이 사유를 멈출 때, 그저 외부의 권력에 의해 통제되고 조종당하는 존재로 전락하고 만다고 경고한다.

그에게 있어서 사유는 무엇일까? 어떤 의미일까? 그에게 있어서 사유는 단순한 생각이나 지식 축적이 아니다. 그에게 사유는 자신과 사회의 관계, 권력의 작용, 지배계급과 피지배계급의 원리를 이해하며, 궁극적으로는 자신의 삶을 주체적으로 이끌고 나가기 위한 도구였다.

그래서 그는 사유를 '철학을 실천하는 도구'로 정의했다. 그것이 권력과 사회의 억압을 타파하고, 개인을 진정으로 해방할 수 있는 길이라고 보았다. 그는 "사유란 인간을 무지와 억압의 굴레에서 해방하는 열쇠다."라고 주장했다.

사유 없는 인간은 자신에게 주어진 소중한 권리와 자유를 인식하지 못하며, 그 결과 타인의 이익을 위해 이용되는 존재,

지배층의 도구가 된다고 말한다. 이를 '문화적 패권(hegemony)' 이라 정의하며, 지배계층은 사유를 억압의 도구로 사용함으로써 대중의 자각과 저항을 무력화시키고, 결국 대중을 자신의 도구로 만든다는 것이다.

참된 사유가 없다면, 최악의 삶을 살아야 하는 이유이며 원인이다. 참된 사유를 하는 사람은 최고의 삶을 살 수 있다. 참된 사유는 지배층의 도구로 전락하는 것을 막아주고, 권력과 현실의 억압을 타파하고, 사회적 개인적 해방을 이끄는 훌륭한 실천적 도구이기 때문이다. 그래서 그는 모든 혁명은 사유의 혁명에서 시작된다고 강조한다.

당신은 어떤가? 혹시 사회와 지배계층의 도구로 전락하여 살아가고 있는가? 아니면 참된 사유를 통해 권력과 현실의 억압을 타파하고, 사회적, 개인적 해방을 이끄는 진정한 혁명가인가?

우리는 명심해야 한다. 안토니오 그람시가 옥중에서 우리에게 한 말을 말이다.

"모든 사람은 지식인이다. 그러나 그것을 인식하고, 자신의 역할을 자각하며, 주체적으로 사유하지 않는다면, 그는 결코 지식인이 될 수 없다."

그렇다, 그람시는 우리 모두 지식인으로, 지적 존재로 태어난다고 생각했다. 하지만 사유하지 않는다면, 지식인이 될 수 없다고 말한다. 세상과 타인이기도 한, 지배계층은 사유를 통제하여, 우리의 의식을 지배함으로써, 우리를 무력하게 만든다. 사유가 억압당한 우리는 비인간적인 상태로 전락하게 되고, 그 결과 세상과 타인의 지시에 따라 움직이는 수동적인 객체가 된다. 그 결과 참된 사유가 없는 인간은 최악의 삶을 살게 되는 것이다.

참된 사유를 통해 인간은 최고 수준의 삶을 살 수 있다는 사실을 강조한 철학자는 또 있다. 바로 위르겐 하버마스다. 그는 자신의 저서 《의사소통 행위 이론》을 통해 인간의 사회적 해방과 진정한 소통을 이끄는 핵심적인 역할을 사유가 한다고 주장한다. 인간은 비판적 사유를 통해 자신의 위치와 타인과의 관계를 성찰하고, 지배적 이데올로기에 대항하여 자율적 주체가 될 수 있다는 것이다.

그도 역시 사유하지 못하는 인간은 권력의 도구로 전락할 뿐이라는 사실을 말한다. 참된 사유가 필수인 이유가 이것이다. 참된 사유는 인간에게 사회적 불평등과 부조리와 억압의 구조에 맞서 싸울 수 있는 힘을 갖게 하기 때문이다.

그러므로 우리는 사유를 멈추지 말아야 한다. 그것도 참된 사유를 해야 한다. 세상과 타인은 우리를 도구로 사용하기 위해 사유를 하지 말라고 설득한다. 하지만 우리는 그것을 거부하고, 사유하는 인간으로 거듭나야 한다. 참된 사유는 인간이 누릴 수 있는 최고의 삶이기 때문이다. 참된 사유를 통해 우리는 사회적 억압과 통제에서 해방할 수 있기 때문이다. 그 과정에서, 우리는 진정한 자유를 누리는 참된 자신을 발견할 수 있고, 진짜 삶을 창조하며, 진정한 평화와 행복을 경험할 수 있다. 그러므로 사유하라, 그리고 존재하라. 그것이야말로 인간이 궁극적으로 추구해야 할 길이다.

제 3 장

삶의 이유(理由)

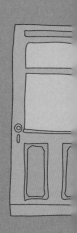

"삶이 이유가 없다고 느낄 때, 그럼에도 불구하고 살아가
는 것이야말로 인간의 위대함이다."

_ 알베르 카뮈(Albert Camus)

"인간은 자신의 이유를 묻는 존재다. 그 질문 자체가 우
리를 존재하게 만든다."

_ 마르틴 하이데거(Martin Heidegger)

"우리의 존재는 이유가 없으며, 우리는 우리 자신에게 그
이유를 만들어야 한다."

_ 장 폴 사르트르(Jean-Paul Sartre)

여섯 가지 유를 가져라

왜 살아야 합니까?

"왜 살아야 합니까?"

이 질문은 인류의 역사를 관통하며 수많은 철학자와 사상가들을 사로잡아 왔다. 삶의 이유에 대한 답을 찾기 위해, 우리는 동양 철학자들의 지혜를 빌릴 수 있다.

동양의 철학자 장자는 "삶과 죽음은 큰 변화의 흐름이며, 삶은 물처럼 흐르는 것일 뿐"이라고 말했다. 삶은 고정된 것이 아니라 끊임없이 변화하는 과정이다. 중요한 것은 그 변화 속에서 무엇을 선택하고, 어떻게 의미를 부여하느냐에 삶의 의미가 달려있다는 사실이다. 삶의 이유는 외부에서 주어지지 않는다. 우리가 스스로 살아가면서 만들어야 한다는 것이다. 우리의 선택, 경험, 도전 속에서 삶의 이유는 창조되는 것이기 때문이다. 그래서 억지로 삶의 이유를 찾으려 하기보다는 삶의 흐름에 맡기라고 한다. 그는 무위자연(無爲自然)의 철학을 강조하며, 우리가 삶에서 이유를 찾기보다는 자연스럽게 살아가는 것이 더 중요하다고 보았다. 그에게 삶의 이유는 특별한 것이 아니라, 조화롭게, 자연스럽게 물 흐르듯 살아가는 삶, 그 자체에 있다.

또 다른 동양 철학자 왕양명(王陽明)은 삶의 이유를 "지행합일(知行合一)"에서 찾았다. 그는 지식과 실천이 하나가 되어야 진정한 삶의 의미가 완성된다고 보았다. 왕양명에게 삶의 이유는 단순히 살아가는 것이 아니라, 옳다고 생각하는 바를 행동으로 옮기며 실천하는 데 있었다. 그의 철학은 우리에게 단순한 지적 탐구가 아니라, 올바른 삶을 통해 스스로 존재 이유를 실현하는 것이 중요하다고 주장한다.

공자는 삶의 이유를 인(仁)에서 찾았다. 공자는 "사람답게 사는 것"을 삶의 본질로 여겼다. 그는 인간관계 속에서 서로를 이해하고 도덕적으로 올바르게 살아가는 것이야말로 우리가 살아가는 이유라고 말했다. 삶이란 개인의 이익을 넘어서, 타인과

여섯 가지 유를 가져라

의 관계 속에서 정의와 사랑을 실천하는 과정이기 때문이다.

서양 철학자들도 삶의 이유에 대해 깊이 고민했다. 소크라테스는 "검토되지 않은 삶은 살 가치가 없다."라고 말하면서, 삶의 이유를 찾아가는 과정은 자기 성찰과 질문을 통해 이루어진다고 강조했다. 우리가 왜 살아가는지, 어떤 가치를 추구하는지 끊임없이 질문하며 살아가는 것이 삶의 핵심이며, 본질이라고 한다. 그는 장자의 주장과 달리, 삶을 주어진 대로 그대로 받아들이지 말고, 끊임없이 고민하고 탐구하며 의미를 찾아야 한다고 주장한다.

또 다른 철학자인 프리드리히 니체는 "삶을 극복하는 자만이 삶을 이해할 수 있다."라고 했다.

그는 인간이 고통과 한계를 극복하며 스스로 삶의 이유를 발견할 수 있다고 보았다. 니체는 인간의 본질이 끊임없는 도전과 극복 속에 있다고 믿었다. 그의 사상은 우리가 왜 살아야 하는지를 이해하는 데 중요한 통찰을 제공한다. 고통과 시련을 통해 우리는 스스로 단련하며, 그 속에서 삶의 이유를 찾는 존재라고 한다.

그의 철학과 다른 철학자도 있다. 바로 칸트다. 임마누엘 칸트는 "우리는 어떤 목적을 위해서가 아니라, 그 자체로 존엄한 존재이기에 살아야 한다."라고 주장한다. 칸트는 인간이 타고난 존엄성을 강조하며, 그 자체가 삶의 이유라고 설명했다. 인간은 단순히 생존을 위해 살아가는 것이 아니라, 도덕적 존재로서 스스로 존중하고, 다른 이와 관계를 맺으며 살아가야 한다는 것이다. 칸트의 철학은 우리가 왜 살아야 하는지를 철학적, 윤리적으로 설명한다.

인간은 다른 이나 사회적 목적을 위해 존재하는 것이 아니라, 그 자체로 존중받아야 하는 존재이기 때문이다. 칸트에게 삶의 이유는 바로 인간의 내재적 가치에서 나온다. 우리는 어떤 외적 목적을 이루기 위해 살아가는 것이 아니라, 우리 자신이 존엄하고 가치 있는 존재이기 때문에 살아가야 한다.

칸트는 인간의 이성적 능력을 강조했다. 그는 우리가 도덕적이고 자율적인 존재로서 스스로 삶에 의미를 부여할 수 있다고 보았다. 인간은 도덕적 판단을 내리고, 그것을 행동으로 옮길 수 있는 능력을 지니고 있으며, 그 과정에서 자신과 타인에게 가치를 더해간다. 칸트에게 삶의 이유는 바로 이러한 도

여섯 가지 유를 가져라

덕적 존재로서 책임과 자율성에 있다. 우리는 선택을 통해 더 나은 인간으로 발전하고, 그 자체가 삶의 목적과 이유가 되는 것이다.

칸트의 철학에서 중요한 개념은 '정언명령'이다. 이것은 우리가 단순히 자신의 이익이나 욕망을 넘어서는 도덕적 행동을 해야 한다는 것이다. 즉 정언명령은 "너 자신을 수단이 아닌 목적 그 자체로 대하라"는 것이다. 인간은 단순히 생존을 위한 도구가 아니라, 그 자체로 살아가는 이유를 지닌 고귀한 존재임을 일깨운다. 칸트는 우리가 다른 사람과의 관계 속에서도 이 존엄성을 존중해야 한다고 강조하며, 이러한 도덕적 책임이 삶의 본질이자 이유라고 보았다.

삶의 이유를 찾기 위해 우리는 고전 문학과 철학이 주는 통찰과 지혜를 빌릴 수도 있다. 알베르 카뮈의 《시지프 신화》는 부조리한 삶 속에서도 인간이 왜 살아가야 하는지, 삶의 이유를 탐구한 작품이다.

"참으로 진지한 철학적 문제는 오직 하나뿐이다. 그것은 바로 자살이다.

인생이 살 가치가 있느냐 없느냐를 판단하는 것이야말로 철학의 근본 문제에 답하는 것이다."

그렇다. 왜 살아야 하는 가를 찾아가는 것은 철학의 근본 문제에 답하는 것이다. 우리는 근본 문제에 얼마나 다가가고 있는가?

시지프는 신들의 처벌로 인해 끝없이 커다란 바위를 산 정상까지 밀어 올려야 하는 형벌을 받았다. 하지만 그 바위는 정상에 도달하자마자 다시 산 아래로 굴러떨어졌고, 시지프는 다시 바위를 올리는 일을 반복해야 했다. 이 끝없는 순환은 언뜻 보면 아무 의미 없는 고통처럼 보인다. 그러나 카뮈는 이 형벌을 단순한 고통으로 보지 않았다. 그는 시지프가 이 부조리한 상황 속에서도 자신의 운명을 받아들이고, 그 속에서 자신의 존재와 삶의 이유를 발견한다고 주장했다.

카뮈는 시지프를 통해, 인간의 삶 또한 부조리하다는 것을 보여주었다. 우리의 일상은 때로 반복적이고, 고통스럽고, 그 끝이 보이지 않을 때가 많다. 그러나 그 부조리 속에서도 우리는 멈추지 않고 살아가야 한다. 왜냐하면, 그 과정에서 삶의 이유를 찾을 수 있기 때문이다. 카뮈는 시지프가 자신의 바위를 밀어 올리면서도 웃고 있을 것이라고 말한다. 바위를 정상으로 밀어 올리는 행위 그 자체가 시지프의 이유가 되었기 때문이다.

여기서 우리는 중요한 진리를 발견한다. 삶의 이유는 외부에서 주어지는 것이 아니라, 우리가 그 속에서 찾아내고, 만들어 가는 것이다. 시지프가 부조리한 형벌을 받아들인 것처럼, 우리도 삶의 고통과 무의미함을 받아들이면서도 그 속에서 의미를 찾아야 한다. 우리가 살아가는 이유는 바로 이 부조리와 싸우고, 그 속에서 희망과 기쁨을 발견하는 데 있다.

또 다른 고전 명작인 레프 톨스토이의 《인생론》은 인간이 왜 살아야 하는지, 삶의 이유를 철학적으로 성찰한 작품이다. 톨스토이는 인간이 단순히 생존을 위해 살아가는 것이 아니라, 더 깊은 내면적 성숙과 도덕적 완성을 위해 살아가야 한다고 주장했다. 그는 자신의 생애 동안 극심한 개인적 갈등과 고통을 겪었지만, 그 과정에서 삶의 의미를 찾아갔다.

톨스토이는 "삶은 고통일지라도, 그 고통 속에서 성숙해지고 의미를 발견할 수 있다."라고 말한다. 그에게 고통은 단순히 피해야 할 대상이 아니라, 오히려 인간이 내면적으로 성장할 수 있는 기회였다. 인생론에서 그는 고통을 통해 인간이 어떻게 도덕적, 정신적으로 성숙할 수 있는지를 탐구하며, 그 속에서 인간의 궁극적 목표를 발견하려 했다. 톨스토이는 인간의 삶이 끝없는 고난과 역경의 연속일지라도, 그 고난을 통해 배우고 성장하는 것이야말로 삶의 이유라고 보았다.

그는 신앙과 도덕적 책임을 강조하며, 인간이 자신을 넘어 타인에게 봉사하고 더 큰 목적을 위해 헌신하는 것이 삶의 이유라고 역설했다. 톨스토이의 사상은 인간의 내면적 성장이야말로 우리가 살아가야 할 궁극적인 이유이며, 그것이야말로 진정한 행복에 이르는 길이라고 말한다.

또 다른 고전인 빅토르 위고의 《레 미제라블》은 삶의 이유를 묻는 중요한 질문을 던진다. 이 책은 프랑스 혁명기라는 혼란한 시대를 배경으로, 등장인물들이 고난 속에서 어떻게 삶의 의미를 찾는지를 보여준다. 주인공 장발장은 범죄자로 시작했지만, 그의 삶은 죄책감과 구원의 과정을 통해 완전히 변화하게 된다.

여섯 가지 유를 가져라

장발장은 단순히 살아남기 위한 수단으로 빵을 훔쳤지만, 그 죄로 인해 감옥에 갇히고, 사회로부터 배척받았다. 그러나 그는 한 사제의 자비로운 용서를 통해 삶의 방향을 완전히 바꿨다. 사제는 그에게 새로운 기회를 주었고, 장발장은 그 은혜를 통해 자비와 용서의 의미를 깨닫게 된다. 그의 여정은 타인을 위한 헌신과 희생으로 이어지며, 자신의 삶을 통해 다른 이들의 삶을 변화시킨다. 장발장이 보여준 것은 삶의 이유는 고통 속에서도 희망과 구원을 찾는 데 있으며, 이를 통해 자신의 존재를 의미 있게 만들 수 있다는 것이다.

위고는 레 미제라블을 통해 인간이 어떻게 고통과 부조리 속에서도 삶의 이유를 찾을 수 있는지를 생생하게 그려냈다. 장발장의 삶은 한 개인의 구원과 회복뿐만 아니라, 사회적 불의와 맞서 싸우는 과정에서 삶의 이유를 발견하는 여정을 담고 있다. 그의 삶은 우리가 왜 살아야 하는지를 인간의 존엄성과 자비를 통해 보여준다.

또 다른 하나의 고전, 볼테르의 철학 소설 캉디드는 삶의 부조리와 인간의 비참한 현실 속에서도 우리가 어떻게 살아야 하는지, 삶의 이유를 날카롭게 통찰한 작품이다. 이 작품은 주인공 캉디드가 세상의 온갖 부조리와 고난을 경험하며, 낙관주의의 허상을 깨닫고, 궁극적으로 현실을 직시하는 과정을 그린다. 볼테르는 이 소설을 통해 인간의 삶이 부조리하고 예측할수 없음을 보여주었지만, 그 속에서도 삶의 이유를 찾을 수 있음을 전달한다.

캉디드는 오랜 여행과 수많은 고난 속에서 "모든 것은 최선의 방향으로 이루어진다"라는 낙관주의적 철학이 얼마나 허망한지를 깨닫게 된다. 그는 수많은 전쟁, 질병, 기근을 목격하고, 자신이 믿었던 세상이 완전하지 않다는 사실을 깨닫게 된다. 그러나 볼테르는 이러한 비극 속에서도 인간이 삶의 이유를 찾을 수 있다고 말한다. 그 해답은 바로 "우리의 정원을 가꾸는 것"이다. 이는 현실을 부정하지 않고, 그 속에서 자신이 할 수 있는 일을 통해 삶의 의미를 발견해야 한다는 메시지다.

"우리는 우리의 밭을 가꾸어야 한다.(Il faut cultiver notre jardin)**"**

캉디드는 삶의 부조리함을 직시하면서도, 그 안에서 우리가 스스로 의미를 창조할 수 있음을 보여준다. 비록 세상은 혼란스럽고 고통으로 가득 차 있지만, 우리는 우리의 정원을 가꾸는 것, 즉 현실 속에서 우리만의 역할을 찾고 그 속에서 의미를 찾아야 한다는 것이다.

그렇다. 진정한 삶의 이유는 매일의 선택과 경험, 일상에서 만들어진다.

에드먼드 힐러리는 "에베레스트를 오르는 이유는 그곳에 산이 있기 때문"이라고 했다. 힐러리에게 도전은 그 자체로 삶의 이유였다. 우리 역시 끊임없이 도전하는 순간에 삶의 의미를 확인하게 된다. 우리의 목표가 크든 작든, 도전하는 과정에서 삶의 이유는 더욱 분명 해진다.

그렇다. 어설픈 결론을 내자면 이것이 아닐까?

"삶의 이유는 발견하는 것이 아니라,
스스로 만들어 가는 것이다."

삶의 이유는 우리가 스스로 만들어 가는 것이다. 위대한 역사서 사기를 집필한 사마천처럼 말이다.

"사람은 누구나 죽지만, 그 죽음이 태산처럼
무거울 수도 있고, 깃털처럼 가벼울 수도 있다."

사마천의 이 말처럼, 우리는 누구나 죽음이라는 종착점을 향해가고 있다. 하지만 죽음의 무게를 결정짓는 것은 그 사람이 어떻게 살았느냐에 달려있다. 태산처럼 무거운 삶을 사는 것, 그것이야말로 삶의 이유다. 도대체 왜 살아야 하느냐는 질문에 대한 답은 바로 그 무게를 부여하는 데 있다. 우리가 살아가는 방식이 곧 그 이유를 만들어내기 때문이다.

사마천 자신도 이 명언의 무게를 몸소 체험한 인물이었다. 그는 사기(史記)를 저술하며, 당시 권력에 맞서 역사의 진실을 기록하려 했다. 하지만 이 과정에서 치욕적인 궁형(거세)을 당하며 큰 고통을 겪었다. 그런데도 그는 자신의 고통을 이겨내고 위대한 기록을 완성했다. 사마천의 삶과 죽음은 태산처럼 무거운 것이었다. 그의 삶의 이유는 역사적 진실을 지키기 위한 헌신에 있었다. 그에게 죽음은 피할 수 없는 것이었지만, 그는 그 죽음을 넘어서고자 하는 더 큰 목적을 위해 자신을 내던짐으로써, 삶의 이유를 만들었다.

여섯 가지 유를 가져라

나이가 들어도 삶의 이유를 만들어 나가야 한다. 파블로 피카소는 80세가 넘어서도 "내 인생은 나이가 들어도 계속 새로운 작품을 통해 시작된다."라고 말했다. 그는 나이를 초월한 창조적 열정으로 삶의 이유를 계속 만들었다. 피카소는 끊임없이 도전하며, 예술적 창작을 통해 자신의 삶을 충만하게 살아갔다. 이렇게 충만하게 살아가는 과정이 이유를 만드는 과정인 셈이다. 나이가 든다고 해서 삶의 이유가 희미해지는 것이 아니다. 나이와 상관없다. 누구는 삶의 이유가 오히려 더 깊어지고, 더 의미 있게 된다.

"결국, 우리는 왜 살아야 하는가?"

그 답은 외부에서 주어지지 않는다. 그 답은 저절로 존재하지 않는다. 저절로 존재하지 않기 때문에 발견하거나 찾을 수 없다. 그래서 삶의 의미를 찾으려고 하고, 발견하려고 하는 사람들이 결국 낭패를 보는 것인지도 모른다. 그 답은 삶을 통해 만들어 나가야 한다. 그 답은 우리 삶 내부에서 만들어지는 것이다.

당신의 존재 이유는
성공인가요? 쾌락인가요?

로마 제국이 몰락해 나가던 시기, 그 한 복판에 한 젊은이가 있었다. 그는 그 당시 어떤 의미에서는 가장 큰 성공을 쟁취한 인물이며, 동시에 가장 큰 쾌락을 누리는 사람이었다. 그는 한 마디로 세상을 다 가진 인물이다. 자신이 원했던 지식의 탐구와 진리의 발견을 위해 많은 방황을 하기도 했다. 입신출세를 위해 수사학 등을 배우면서 방탕한 생활을 하기도 했다. 마니교나 점성술에 미혹되기도 했다. 방탕과 쾌락은 그의 삶의 일부이기도 했다.

그 젊은이의 아버지는 점점 방탕해지는 아들의 모습을 보고 스스로도 기가 막혀서 죽기 직전 세례성사를 받았다고 하는

여섯 가지 유를 가져라

이야기도 있다. 그는 결혼도 하지 않고, 여자와 동거하면서, 사생아까지 낳았다. 훗날 그는 자신의 《고백록》에서 "떳떳하게 결혼한 여자가 아니라 지각없이 들뜬 내 정욕이 찾아낸 사람"이라고 밝히기도 한다. 하지만 그는 방탕만 한 것이 아니다. 철학과 진리 탐구에 그 누구보다 열정이 있었던 인물이다. 카르타고 유학을 통해 그는 수사학 교수가 된다. 고향으로 돌아와 수사학 학교를 세우기도 한다. 하지만 친한 친구의 죽음을 통해, 고향을 떠나게 된다. 로마로 간 그는 그곳에서 잠깐 수사학 교수 일을 하다가, 다시 밀라노로 옮겨간다. 그곳에서 그는 인생의 터닝 포인트가 되어 준 스승 성 암브로시우스를 만나게 된다.

암브로시우스의 강론을 듣고, 큰 감동을 하고, 그는 인생을 바꾸는 결심을 하게 된다. 평생 암브로시우스를 따르기로 했기 때문이다.

그 젊은이가 남긴 고백록을 보면, 성공도, 쾌락도, 그것이 인생의 전부가 아님을 알 수 있다. 그 젊은이는 누구일까? 바로 어린 시절부터 지식에 대한 욕망이 남달랐던 아우구스티누스다. 그는 철학적 탐구 열정으로 인해, 명성 있는 철학자들을 찾아가 진리를 배우고자 제자가 되기도 하고, 또 한 편으로는 방탕과 쾌락으로, 세상의 성공과 쾌락을 추구하기도 했다. 인생 초반에는 방탕으로 점철되기도 했지만, 그는 삶의 이유를 발견하는 힌트를 결국 깨닫게 된다.

"왜 바깥에서 너를 찾으려 하는가?
너는 너 자신 안에서 이유를 찾아야 한다."

그렇다. 외부의 성공과 쾌락은 우리에게 삶의 이유를 알려줄 수 없다. 우리는 우리 자신 안에서 삶의 이유를 찾아야 하고, 찾을 수 있는 존재이기 때문이다. 삶의 이유는 성공도 쾌락도 아니다. 삶의 이유는 우리 안에 있다.

"삶의 이유를 찾는 자여, 더 이상 외부를 헤매지 말라.
당신 안에 이미 모든 답이 있다. 그것을 찾는 순간,
당신의 존재는 더 이상 흔들리지 않으리라."

그는 삶의 이유를 외부가 아닌 자신 내부에서 찾는 순간, 흔들리지 않는 존재로 거듭나게 되었다. 그렇다면, 우리는 어떤가? 지금 우리가 서 있는 그 자리에서, 그 환경에서, 그 일상에서, 우리는 내면을 향해 질문을 던져야 한다. 그리고 그 답을

여섯 가지 유를 가져라

찾아야 한다. 삶의 이유는 우리 내면에 있기 때문이다.

우리는 스스로에게 이런 질문을 던져야 한다.

"우리는 무엇을 위해 존재하는가?"

"우리의 존재 이유는 무엇인가?"

아우구스티누스는 겉으로는 성공한 지식인이자 철학자로 인정받았다. 하지만 내면은 허무로 무너졌다.

"내가 이토록 많은 것을 가졌는데, 왜 내 마음은 이토록 허전한가? 나는 왜 아무리 성취해도 만족할 수 없는가?"

그렇다. 외부의 쾌락과 성공으로는 우리 내면을 충만하게 할 수 없다. 우리 삶은 그런 것들로 충만하게 되는 것이 아니기 때문이다. 우리 삶은 우리 내부의 것으로만 가득 채울 수 있다. 외부의 큰 성공을 이루었지만, 내면엔 공허함이 가득했던 인물은 현대에도 수 없이 많다. 그중에 한 명이 빌 게이츠다.

빌 게이츠는 세계적으로 가장 성공한 인물이다. 성공의 대명사라고 해도 과언이 아니다. 하지만 빌 게이츠는 누구나 부러워할 만한 성공과 부를 가졌지만, 자신이 진정 행복한가에 대해 의문을 품기 시작했다.

"나는 수십 년 동안 쉬지 않고 성공만을 쫓아왔다. 그런데 문득 돌아보니, 내가 정말 행복한가를 묻지 않았다는 사실을 깨달았다. 나에게 진정한 존재 이유는 무엇인가?"

삶의 이유를 그는 자신의 내면에서 찾기 시작했다. 외부의 성공과 부, 쾌락과 자극, 명성과 권력 같은 것에서 찾을 수 없다는 사실을 그는 누구보다 잘 알았다. 그는 결국 자신의 내면에서 삶의 진정한 존재 이유를 찾았다. 찾았다고 말하는 것보다 스스로 내면에서 시작해서 만들었다고 하는 것이 더 옳은 표현이다.

그가 발견하고, 만든 삶의 존재 이유는 무엇일까? 그것은 바로 비영리재단을 설립하고, 자신의 재산을 기부하는 것을 통해, 이 세상을 더 나은 세상으로 만들어 나가는 것이었다.

여섯 가지 유를 가져라

"나는 이제야 비로소 내 삶의 이유를 발견했다. 그 이유는 내가 가진 모든 것을 나누고, 더 나은 세상을 만드는 것이다."

성공과 쾌락은 우리를 진정 행복하게도, 충만하게도 할 수 없다. 하지만 우리가 스스로 만들고 발견한 진정한 삶의 이유는 우리를 가장 행복하게 하고, 삶을 풍요롭게 한다.

당신은 지금 행복한가? 당신은 지금 삶이 충만하고 풍요로운가? 그렇지 않다면, 당신이 성공하지 못했기 때문이 아니다. 마약과 같은 순간적인 쾌락이 없기 때문이 아니다. 진정한 삶의 이유가 없기 때문이다. 진정한 삶의 이유를 내면에서 발견하고, 만드는 순간, 당신은 가장 행복하고 충만한 삶을 살기 시작할 수 있다.

노벨상을 젊은 나이에 수상하며, 인류에게 엄청난 영향력을 남기는 학문적 업적과 성공을 이룬 MIT의 천재 수학자였던 존 내시는 세상의 성공을 이룬 순간, 삶이 무너져 내리는 경험을 하게 된다. 바로 '정신분열증'이 그를 덮친 것이었다. 세상 최고의 성공을 한 그였지만, 그는 정신병동에 갇혀야 했고, 한없는 고통과 대면해야 했다.

하지만 그는 정신병동에서 비로소 자신의 내면과 대화를 할 수 있었고, 삶의 진정한 이유를 찾을 수 있었다. 그는 성공이 삶의 이유가 될 수 없다는 사실을 깨달았다. 그는 성공이 아닌 자신의 주위에 있는 가족들의 사랑이 삶의 이유임을 발견하고 찾았다. '가족의 사랑'이라는 새로운 진정한 삶의 이유를 발견한 그는 다시 새로운 인생을 살게 되었다. 삶의 이유를 내면에서 찾은 사람은 인생의 많은 부침 속에서도 그것을 극복하며 살아낼 수 있다. 하지만 성공이나 쾌락과 같은 외부의 것들이 이유가 되면, 그 삶은 작은 시련과 역경에도 쉽게 무너진다.

그 이유는 무엇일까? 외부의 성공과 쾌락은 진정한 삶의 이유가 될 수 없기 때문이다. 우리 인생은 그저 성공이나 쾌락을 향한 질주가 되어서는 안 된다. 그러기에는 우리 인생은 너무나 소중하기 때문이다.

이유 없는 이유가
인생을 망치다!

"나는 내가 무엇을 위해 예술을 하고 있는지 알지 못했다. 그저 더 많은 돈을 벌기 위해서였을까? 아니면, 예술 그 자체를 위한 것이었을까?"

이런 고민을 했던 이들은 적지 않다. 그중의 한 명이 유명한 화가인 앤디 워홀이다. 그는 화려한 예술 세계에서 최정상에 섰고, 수천 장의 그림을 팔 수 있을 정도로 최고의 인기 화가였다. 하지만 마음속에 채워지지 않는 공허가 그를 괴롭혔다. 자신이 그토록 좋아했던 예술도, 그렇게 원했던 성공도, 인기도, 부도 진정한 삶의 이유가 될 수 없다는 사실을 깨닫게 되는 순간, 그는 새롭게 태어났다.

그는 삶의 이유도, 그림을 그리는 이유도 부와 성공이 아니라, 자아를 완성하는 것이어야 한다는 사실을 깨닫고, 그녀의 삶과 예술 인생은 백팔십도 바뀐다. 그의 삶은 완전히 달라졌다. 어제와 별반 다를 바 없는 인생이 아니었다. 그는 더 이상 상업적인 성공을 추구하지 않았다. 진정한 자아를 완성해 나가는 그런 예술을 추구하며, 살아 나갈 수 있었다. 인생의 내용과 성격, 방향과 목표가 완전히 바뀐 것이다. 그렇다. 이유가 바뀌면 모든 것이 바뀐다.

이유가 없다면, 그것이 인생을 망치고, 자신을 망하게 할 수 있음을 우리는 알아야 한다. 삶의 명확한 이유를 처음부터 이른 시간에 발견하고 찾는 사람은 많지 않다. 20세기 상징주의 시인 중 최고의 한 명이었던 폴 발레리도 마찬가지였다.

그는 19세의 젊은 나이에 시인으로 큰 성공을 이루었다. 하지만 삶의 진정한 이유가 없는 상태에서 큰 성공은 오히려 큰 혼란과 좌절을 안겨 줄 수 있다. 그가 젊은 시절, 모든 것을 포기하고, 세상과 단절하여 절필을 결심하고, 20년 이상 침묵 속에서 살았던 이유를 제대로 아는 사람은 많지 않다.

여섯 가지 유를 가져라

누구나 경험하는 열등감이나 연애의 상처 때문이었을까? 아니다. 그것은 빙산의 일각이지, 빙산의 몸체가 아니다. 그 정도 상처와 좌절은 잠시 힘들게 할 수 있지만, 20년 이상을 절필하고, 세상과 등지고 살 수 있게 할 수는 없다. 그렇다면 빙산의 몸체는 무엇일까? 그가 촉망받던 시인이었지만, 모든 글쓰기를 멈추게 했던 한 가지 질문은 바로 이것이었다.

'과연 내가 글을 쓰는 이유는 무엇인가?'

그렇다. 그는 자신이 촉망받았고, 성공한 시인이었지만, 정작 자신이 왜 글을 쓰는지, 이유를 알지 못했다. 이유가 없는 맹목적인 활동이나 행위는 나중에 큰 회의감과 공허감을 불러일으킨다. 그리고 결국에는 자신도 망하게 하고, 그 일도 망하게 한다.

정작 시인으로 인정을 받고 성공했지만, 그에게는 가장 중요한 자신이 글을 쓰는 이유가 없었다. 20년이라는 긴 침묵에서 그를 깨어나게 해 준 첫 문장은 바로 이것이었다.

"깊이 사유하지 않으면, 존재할 수 없다."

왜 깊이 사유하지 않으면, 우리는 제대로 존재할 수 없는 것일까? 우리는 그를 다시 시인으로 태어나게 한 이 말을 되새겨 봐야 한다. 깊이 사유를 하지 않으면, 우리는 진정한 이유를 찾을 수 없기 때문이다. 그래서 우리는 깊은 사유를 해야 하고, 사유의 목적 중 하나가 이유를 발견하고, 만들어 나가는 것이어야 한다.

삶의 이유, 일의 이유를 잃어버린 현대인들에게 가장 필요한 것은 바로 이유다. 왜 일을 해야 하는지? 왜 삶을 살아야 하는지? 이런 질문을 던져야 하는 이유도 바로 사유를 통해 이유를 찾기 위해서다.

이유를 왜 찾아야 하는가? 이유를 알지 못한 채 사는 것, 이유도 없이 열심히 일만 하는 것보다 불행한 삶이 없기 때문이다. 그래서 몽테뉴는 자신이 저서 《수상록》을 통해 이런 말을 남긴 것이다.

"모든 인간의 불행은, 존재의 이유를 알지 못한 채 허망하게 살다가 끝난다는 데 있다."
이유를 알지 못한 채, 큰돈을 벌어도 허망하게 살다가 끝날

뻔했지만, 삶의 이유를 알게 되어, 인생을 극적으로 바꾼 인물도 있다. 바로 미국 월스트리트의 전설적인 투자자 폴 튜더 존스다.

그는 세계적으로 유명한 트레이더이자 헤지펀드 매니저다. 그는 20대 후반에 벌써 수백억 달러를 벌어들였고, 특히 1987년 10월 19일, 미국 주식 시장이 역사적으로 하루 동안 크게 폭락할 것이라고 정확히 예측하여, 큰 이익을 얻는 전략을 실행하여, 세계적인 명성을 얻게 되었다.

그는 이미 30대에 세계적인 명성과 어마어마한 부를 축적했다. 더 이상 바랄 것이 없는 세상을 다 가진 성공자가 되었다. 자신이 원했던 어마어마한 돈을 번 그는 갑자기 한 가지 사실을 깨닫게 되었다.

"내가 무엇을 위해 이렇게 돈을 많이 벌었지?"

그는 자신이 돈을 버는 이유를 모르고 있고, 이유가 없다는 사실을 그제야 깨닫게 된 것이다. 자신이 이유가 없다는 사실을 비로소 인식하게 되었고, 그 순간 깊은 좌절과 허무가 그를 사로잡았다. 하지만 이런 순간을 통해 그는 인생을 통째로 바꿀 수 있게 되었다.

부와 성공만을 추구했던 그는 이때부터 삶의 본질적인 가치를 추구하기 시작했다. 그는 빈곤층을 돕기 위해 기부했고, 교육과 환경보호에 큰 관심을 가지고, 많은 비영리단체를 돕기 시작했다. 그가 이제 돈을 버는 이유는 자신의 성공 때문이 아니라, '인류와 미래를 위해서'가 된 것이다.

삶의 이유, 살아가는 이유, 심지어 돈을 버는 이유가 명확히 있을 때, 자신도 살고, 사업도 살게 된다. 그러므로 우리도 삶의 이유를 찾아야 하고, 발견해야 한다. 삶의 진정한 이유를 가진 사람은 그 어떤 것에도, 쉽게 흔들리지 않는다. 그래서 이유 없는 성공, 맹목적인 성공보다 더 위험한 것은 없다.

진정한 이유를 발견했을 때, 우리는 비로소 삶의 주인이 될 수 있다.

여섯 가지 유를 가져라

당신을 강하게 하는 것은 삶의 이유다

"우리를 진정으로 강하게 만드는 것은 무엇일까?"

그것은 관계도, 명예도, 성공도 아니다. 그것은 바로, 삶의 이유다. 삶의 진정한 이유를 발견한 사람은 어떠한 고난과 시련과 역경과 아픔도 견뎌내기 때문이다. 삶의 이유는 단순한 목표나 의미가 아니라 그 이상이기 때문이다. 삶의 이유는 우리가 존재하는 근본이자 근원을 말한다.

삶의 이유가 있다면, 우리는 무엇이든 이겨내고 견딜 수 있다. 반면 이유가 없다면 우리는 작은 시련과 역경에도 쉽게 무너져버린다. 우리를 진정으로 강하게 하는 것은 부와 성공과 같은 삶의 목표가 아니라, 삶의 본질을 깨닫게 해 주는 삶의 이유를 마주하는 순간이다.

인간이 진정으로 강해질 수 있는 메커니즘을 과학적으로 밝혀낸 인물이 안토니오 다마지오다. 그는 자신의 저서 《스피노자의 뇌》라는 책을 통해, 몸과 마음과 뇌가 따로 분리할 수 없는 하나라는 사실을 강조한다. 여기서 더 나가서 이 책은 인간이 존재의 이유를 찾았을 때, 그것을 통해 우리는 더 강해질 수 있다는 메커니즘을 과학적 근거를 바탕으로 설명이 가능하다는 사실을 발견하게 해 주었다.

다만 그는 인간이 감정의 동물임을 강조한다. 그렇다고 이성을 무시하라는 말이 아니다. 순수한 이성과 감정적 경험이 더해진다면, 삶의 이유를 정립할 수 있고, 그로 인해 인간은 더 강해진다는 것이다. 왜냐하면 감정은 인간이 가치 있는 것, 의미 있는 것을 인지하게 만들며, 이를 바탕으로 더 나은 선택을 할 수 있게 돕기 때문이다. 즉 감정이 의사 결정과 논리적 사고에 얼마나 필수적인 요소인지를 보여주면서 그는 뇌의 감정 시스템과 논리 시스템이 독립적으로 작동하는 것이 아니라, 서로 깊이 연관되어 있으며, 이를 통해 인간의 행동과 결정을 이해

여섯 가지 유를 가져라

할 수 있다고 주장한다.

즉 강한 의지나 논리가 인간을 강하게 하는 것이 아니라, 삶의 진정한 이유를 발견할 때, 그것은 뇌의 감정 시스템과 연결되어, 인간의 감정, 느낌, 정서를 움직이게 되어, 그 무엇보다 인간을 강하게 만들어 준다는 것이다.

빅터 프랭클 박사가 자신의 저서 《죽음의 수용소》에서 한 이 말의 원리를 알 수 있을 것 같다.

> "왜 살아야 하는지 아는 사람은
> 어떠한 고통도 견딜 수 있다."

즉 논리나 이성만으로는 한계가 있고, 부족하다. 하지만 그것에 우리의 감성, 감정, 느낌, 정서가 합해지면, 그것보다 더 완벽한 것도 없다. 왜 살아야 하는지, 삶의 이유를 안다는 것은 지식이나 논리적인 측면보다 우리의 감성, 정서, 느낌, 감정을 자극한다.

진정한 애국심을 가진 사람이 두려움이 없는 이유도 이것이다. 논리적이고 이성적으로 설명할 수 없다. 애국심도 마음의 측면이기 때문이다. 마음은 우리의 감정, 감성, 느낌, 정서를 자극하고, 직접적으로 연결되어 있다. 이런 뇌의 감정 시스템을 자극하는 것보다 더 강력한 것은 없다.

애국심만큼 강력한 것도 없고, 나약한 한 인간을 두려움을 모르는 강인한 존재로 거듭나게 하는 것도 없다. 모성애도 마찬가지다. 모성애만큼 한 인간을 강한 존재로 만드는 것도 없다. 애국심, 모성애 모두 마음이 관련된 것이다. 논리와 이성보다 인간을 강력하게 만드는 것은 마음이다. 마음은 감성과 감정, 느낌과 정서와 직접 연결되어 있다. 인간은 어쩌면 논리적인 존재가 아니라, 감정의 동물이다.

다시 본론으로 돌아오자. 인간의 존재 이유를 찾는 데 결정적인 역할을 하는 것이 논리나 이성이 아니라 감정이고 감성이다. 그리고 그렇게 발견한 삶의 이유는 우리의 논리나 이성보다 감정과 감성을 자극하고 이끈다. 그래서 논리적이고 이성적인 목표보다 감정과 감성으로 발견된 삶의 이유가 더 강력한 것이다.

심리학의 영역에서도 삶의 이유는 자신을 뛰어넘게 해 주

여섯 가지 유를 가져라

는 힘을 제공해 준다. 이런 사실을 입증한 실존 인물이 존 헨리다. 그는 존 헨리 효과(John Henry Effect)라는 말로 더 유명해졌다. 철도 노동자였던 그는 증기 엔진과의 경쟁에서 패배할 것이라는 사실을 논리적으로, 이성적으로 알았다. 하지만 감성적으로, 정서적으로 자신의 노동 가치와 이유를 증명하기 위해 그는 자기 능력을 뛰어넘어 목숨을 걸고 끝까지 싸웠다.

증기 엔진을 이겼지만, 극도로 지친 그는 사망했다. 비록 그의 몸은 무너졌지만, 그의 정신은 그를 기계를 이길 수 있을 만큼 강하게 만들었다. 죽음도 두려워하지 않을 만큼 그를 강하게 만든 것은, 다름 아닌 이유다. 그리고 그것은 논리나 이성이 아닌, 감정이며, 감성이며, 마음과 연결되어 있다.

죽음도 두려워하지 않을 만큼 강한 존재로 만드는 것은 우리의 마음이며, 정신이다. 그리고 이런 마음과 정신에 가장 큰 영향을 주는 것은 논리나 이성이 아닌, 감성이며 감정이다. 그리고 그것은 삶의 이유에서 비롯된다.

우리가 왜 살아야 하는가를 발견하고 찾을 때, 가장 필요한 것은 논리나 이성이 아닌 감성이며 감정이다. 인간은 감정의 동물이기 때문이다. 인간은 영혼을 가진 존재다. 그래서 영혼 없는 목표만 추구하는 기업이나 사람보다, 영혼이 있는 목표를 추구하는 기업이나 사람이 더 크게 성장하고 성공하는 것이다.

단순히 이기기 위해서 경쟁하는 사람보다 영혼 있는 승부사들이 늘 경쟁에서 이기는 이유도 이런 맥락이다. 단순히 목표를 추구하고, 목표 달성을 위해 열심히 일하는 사람보다는 자신의 철학과 신념을 지키며, 더 큰 가치와 의미를 위해 일하는 사람이 더 크게 성공한다.

영혼이 담긴 기업은 단순한 이익 창출을 넘어서, 자신의 신념과 철학적 가치와 사회적 책임을 가장 중요하게 생각한다. 이것이 바로 기업조차도 자신의 존재 이유를 명확히 발견하고 찾은 기업과 돈만을 목표로 하는 기업이 격차가 생기는 이유다.

인간과 마찬가지로, 기업도 존재 이유를 명확히 할 때, 가장 강해진다. 영혼이 있는 기업가 중 한 명이 일본의 전설적인 경영자 마쓰시타 고노스케다.

"기업가는 단순히 돈을 버는 사람이 아니라, 사회에 긍정적인 변화를 일으키기 위해 존재하는 사람이다. 진정한 승부사는 자신의 영혼을 바쳐 사회의 이익을 위해 싸우는 사람이다."

그가 회사를 운영하는 이유는 바로 국가 경제에 이바지하는 것이며, 사회의 이익을 위해서다. 그래서 그는 불황 속에서도 다른 회사와 달리, 직원들의 고용을 끝까지 보장했다. 회사의 이윤만을 생각하는 기업가들은 불황이 되면, 직원을 해고하므로 바쁘다. 하지만 그는 직원을 단 한 명도 해고하지 않았다. 회사의 이윤보다 회사를 운영하는 진정한 이유를 가지고 있었기 때문이다. 단순히 돈을 버는 사람이 기업가가 아니라, 사회에 긍정적인 변화를 일으키기 위해 존재하는 사람이 기업가이기 때문이다.

자신만의 신념과 철학이 있는 사람은 강한 사람이다. 이런 사람들은 삶의 이유와 일을 하는 이유가 명확한 사람이다. 그 신념과 철학, 그 삶의 이유와 일의 이유가 그들을 더욱 위대한 존재로, 강한 존재로 만들어 준다. 그렇다. 우리를 강하게 하는 것은 삶의 철학이며 신념이다. 삶의 철학과 신념은 결국 삶의 이유로 이어진다. 그러므로 삶의 철학과 신념을 가져야 하고, 만들어야 한다.

인생 내공은
삶의 이유에서 나온다

　삶의 이유가 없다면, 삶의 방식 또한 사라진다. 삶의 방식은 삶의 이유에서 나오기 때문이다. 삶의 이유가 없다면, 우리는 지금 하는 일도 제대로 해낼 수 없다. 삶의 이유가 모든 일과 삶의 동력이 되기 때문이다. 즉 삶의 이유는 인생 내공이 된다. 인생 내공이 있는 사람은 어떤 시련과 역경에도 쉽게 무너지지 않는다. 삶의 이유를 가진 자는 어떤 고통과 환경도 극복하고 이겨낼 수 있다. 삶의 이유가 인생 내공이기 때문이다.

　삶의 이유가 없다면, 우리는 방황하고 자살을 선택하게 될지도 모른다. 하지만 인생 내공이 있는 사람은 극복하고 이겨내며, 삶을 포기하지 않는다.

고대 그리스 아테네의 위대한 어떤 왕도 삶의 이유가 없다는 이유로, 자살을 선택했다. 그는 평생 수많은 전쟁에서 많은 승리를 거두었다. 평생 전쟁을 통해 영토를 넓혔고, 적들을 물리쳤다. 하지만 그는 가장 중요한 것을 놓쳤다. 바로 삶의 이유, 자신이 그토록 많은 전쟁을 치러야 하는 이유, 자신의 영토를 넓혀야 하는 이유를 상실해 버린 것이다.

수많은 전쟁에서 승리를 거두어, 왕으로서 자리를 굳건히 할 수 있는 최고의 순간에, 그는 왕위를 내려놓고, 아테네의 한적하고 조용한 시골구석에 작은 집을 짓고, 농사를 지으며 살기 시작했다. 수많은 신하가 그를 만류하며, 다시 왕이 될 것을 권했지만, 그는 거절했다. 그는 이렇게 조용히 독백했을 것이다.

"내가 전쟁을 통해 얻은 것은 무엇일까? 나는 평생 내 왕국의 영토를 넓혔고, 수많은 적을 물리쳤다. 그러나 나는 내 삶의 이유를 상실했다. 이제 더 이상 무엇을 위해 싸워야 하는지 모르겠다. 내가 왜 살아야 하는지도 모르겠다."

결국 그 왕은 평범한 농부가 된 후, 농부로서 농사를 지으며 살다가, 자신이 농사를 지으며 살아야 하는 이유를 발견하지 못했다. 결국 그는 자살하게 된다는 이야기다. 인간으로서 할 수 있는 최고의 위치, 왕이 되어, 평생 전쟁에서 수많은 승리를 쟁취한 왕이라도, 삶의 이유가 없으면, 한순간에 삶이 무너질 수 있다는 이런 이야기는 필자가 만든 이야기다. 하지만 이와 비슷한 일들이 고대부터 현대까지 비일비재하게 우리 주위에서 많이 일어난다는 사실을 우리는 알아야 한다.

이런 이야기의 왕과 같은 현대 인물들로 대표적인 인물이 어니스트 헤밍웨이, 마릴린 몬로, 로빈 윌리엄스이다. 20세기 문학의 거장인 헤밍웨이는 노벨 문학상과 퓰리처상을 수상한 위대한 작가다. 그는 《노인과 바다》, 《누구를 위하여 종은 울리나》와 같은 수많은 베스트셀러와 명작을 남겼다. 그의 작품은 전 세계적으로 사랑을 받았고, 그는 작가로서 최고의 명성과 성공을 거둔 인물이었다. 이야기에 나오는 왕과 같았다. 하지만 그는 1961년 자택에서 엽총으로 생을 마감했다. 앞에서 이야기한 왕과 비슷한 맥락이지 않는가?

미국의 영화배우이자 모델이었던 마릴린 몬로도 이와 비슷하다. 그녀는 당대 최고의 배우였고, 배우로서 최고의 명성과 성공을 거두었다. 전 세계가 주목할 만큼 큰 인기를 얻었고, 수

많은 영화에서 주연을 맡았다. 하지만 그녀는 내면의 공허함으로 약물에 의존해야 하는 인생으로 전락하게 되고, 결국에는 약물을 사용한 자살을 선택하게 된다.

우리에게 〈죽은 시인의 사회〉로 잘 알려진, 너무나 친근하고 좋은 인상의 할리우드 배우인 로빈 윌리엄스도 이들과 비슷한 인생을 살았다. 그는 영화배우로 수많은 상을 받았고, 최고의 성공을 거두었다. 전 세계 수많은 이들이 그를 사랑했고, 팬이 되었다. 이런 최고의 성공을 거둔 그지만, 스스로 목숨을 끊었다.

과연 무엇이 이들을 자살하게 만든 것일까? 물론 우울증, 알코올 중독, 질병 등이 이유라고 할 수 있다. 하지만 왜 알코올에 의지하는 삶을 살아야 했을까? 왜 삶이 즐겁고 행복하지 못했을까? 이렇게 큰 성공을 거두고도 왜 우울증에 사로잡히게 되었던 것일까? 우리는 그 이유를 생각해 봐야 한다.

필자는 독자들에게 질문하고 싶다. 이들에게 강력하고 명확한 삶의 이유가 존재했다면, 그들은 자살을 선택했을까? 라고 말이다. 삶의 이유가 명확히 있는 사람은 쉽게 삶을 포기하지 않는다. 삶의 이유는 삶을 쉽게 포기하는 것을 거부하기 때문이다.

삶의 이유는 어떤 시련과 고난에도 살아가게 하는 힘이다. 삶의 이유는 수많은 위기와 고통을 이겨내고 살아가게 해 주는 인생 내공이다. 우리는 고통 속에서도 삶을 살아낸 인물을 통해 이런 사실을 배워야 한다. 그런 인물 중 한 명이 빅터 프랭클이다.

나치 수용소에서 인간 이하의 취급을 당하면서, 자신의 모든 가족이 독가스실로 끌려가서 죽는 것을 본 사람은 더 이상 살아갈 힘이 없을 만큼, 슬픔과 고통과 좌절에 몸부림치게 된다. 심지어 수용소에 수감된 자들은 그 어떤 희망도 품을 수 없고, 인간이기를 포기해야 한다.

그런 곳에서는 쉽게 삶을 포기한다. 실제로 많은 이들이 삶을 포기한다. 죽는 것이 더 행복할지도 모르기 때문이다. 언제 죽을지도 모르는 극심한 공포 속에 사는 것이 얼마나 큰 고통일까? 하지만 삶의 이유를 가진 자는 다르다. 그런 상황에서도 자신이 왜 살아야 하는지? 무엇 때문에 살아야 하는지? 삶의

여섯 가지 유를 가져라

이유가 있는 사람과 없는 사람은 격차가 생긴다. 그 격차는 삶과 죽음을 가를지도 모른다.

빅터 프랭클은 이런 최악의 상황에서도, 삶의 의미를 찾는 것이 인간을 살게 해 주고, 버티게 해 주고, 이겨내게 해 준다는 사실을 발견했다. 그 역시 수용소에서 가족을 잃었고, 극심한 공포와 고통 속에서 죽음의 수용소를 경험했다. 하지만 그는 자신이 살아야 하는 이유를 발견했고, 삶이 이유는 그를 살아내고, 이겨내게 해 주었다.

삶의 이유는 저절로 생기는 것이 아니다. 우리가 발견하고 찾으려고 노력해야 한다. 그 어떤 고통과 시련도 삶의 이유와 의미를 만들어 주지 않는다. 삶의 이유와 의미를 발견하고, 만들려고 결심해야 한다. 아무것도 선택하지 않는 것은 최악을 선택하는 것이다.

"모든 것을 빼앗길 수 있는 상황에서도 인간에게 남아 있는 유일한 자유는 특정한 상황에서 자신의 태도를 선택하는 것, 그리고 자신의 길을 선택하는 것이다."

그렇다. 우리는 어떤 상황에서도 자신의 길을 선택할 수 있다. 그리고 그 선택은 삶의 이유와 의미를 찾고자 하는 선택이 되어야 한다. 삶의 이유와 의미를 찾고자 하는 선택과 의지가 최악의 상황과 고통을 극복하게 해 주는 힘이기 때문이다. 최악의 상황이나 고통이 저절로 삶의 의미나 이유가 되지는 않지만, 우리는 그런 상황과 고통을 통해, 한 단계 더 깊어진 진정한 삶의 이유를 찾을 수 있다. 그러므로 시련과 역경을 한 단계 더 도약하고 성숙하는 도구로 활용해야 한다. 이런 과정을 통해 우리는 인생을 더 단단하게 만들 수 있고, 진정한 인생 내공을 가질 수 있다.

삶이란 주어진 시간을 소비하는 것이 되어서는 안 된다. 우리는 하루하루를 살아가면서, 내가 무엇을 위해 이 시간을 보내고 있는지, 삶의 이유를 알아야 한다. 인생 내공은 단순한 인생의 축적이 아니다. 나이를 많이 먹는다고 인생 내공이 저절로 생기는 것은 아니다. 어쩌다 어른이 되는 것보다 더 위험한 것은 없다. 어른이라면 어른다운 인생 내공이 있어야 한다.

인생 내공은 세상과 타인, 인생과 자신을 깊이 있게 통찰해야 가질 수 있다. 인생 내공은 삶의 이유에서 비롯되기 때문이

여섯 가지 유를 가져라

다. 자신의 일을 능수능란하게 베테랑처럼 잘 한다고 해서 인생 내공이 있다고 할 수는 없다. 유능해서 자신의 업무에서 성공을 한 사람도 인생은 실패하는 경우가 많기 때문이다. 그래서 똑똑하고 유능하다는 것이 인생 내공이 있다는 말은 아니다.

아무리 좋은 종자라도 물을 주지 않는다면, 절대 싹이 나지 않고, 거목으로 성장할 수 없다. 인생 내공은 자기 삶에 대한 성찰을 통해, 지속해서 물을 주고, 많은 시간과 노력을 투자하는 것을 통해 만들 수 있다. 그래서 인생 내공이 있는 자는 쉽게 흔들리지 않고, 무너지지 않는다.

인생 내공이 없는 자는 아무리 큰 성공을 했고, 돈이 많다고 해도, 한순간에 무너질 수 있다. 우리가 삶의 이유를 반드시 발견하거나, 찾거나, 만들어야 하는 이유다.

제 4 장

삶의 자유(自由)

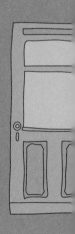

"자유를 추구하고, 사물을 보는 시점을 보다 자유롭게 하여 자신의 능력과 개성을 최대한 발휘하려고 하는 노력은 많은 이점을 낳는다. 우선 그는 무의식적으로 자신의 결점을 확대시키거나 악행을 저지르지 않게 된다. 진정 자유로운 사람이 활기차고 말쑥한 인상으로 비치는 것은 실제로 그의 정신과 마음이 이처럼 현명하기 때문이다."

_ 니체, 《선악을 넘어서》

여섯 가지 유를 가져라

시키는 것만 하면 개도 미친다

    프랑스 최고의 소설가이자 노벨 문학상 수상 작가인 알베르 카뮈는 프랑스 문단에 이방인처럼 나타났다. 그리고 그는 가장 최고 수준의 철학적 문제작을 발표한다. 그 문제작 중에 하나가 바로 《반항하는 인간》이다. 왜 인간은 순종하는 인간이 아니라, 반항하는 인간이라는 말에 더 큰 끌림이 있는 존재일까?

    당신은 지금 어떤 삶을 살고 있는가? 어떤 삶을 살아가고 있는가? 카뮈는 말한다. '중요한 것은 눈앞의 세계가 곧 현실이기에, 이 세계 속에서 어떻게 처신해야 하는가를 아는 일'이라고 말이다. 우리는 현실에서, 일상에서 어떻게 처신해야 하는가?

카뮈는 인간이 세상과 타인의 부조리함을 알게 되었을 때, 자신의 삶을 지켜나가기 위해 선택할 수 있는 최고의 방법이 '반항'하는 것이라고 주장했다. 그리고 그가 말하는 반항은 세상과 타인에 그저 저항하는 소극적인 것이 아니라, 세상과 타인의 부조리를 인식하고, 자신의 삶을 창조해 나가는 행위다. 자신의 삶을 창조하는 과정에서 자신의 자유를 확보할 수 있고, 더불어 세상과 타인도 존중할 수 있다고 말한다.

즉 반항은 불합리한 세상 속에서 자신의 존재를 인정하고, 참된 삶, 또는 더 나은 삶을 창조해 나가는 적극적인 행위다. 그래서 반항하는 인간만이 자신의 삶을 끝없이 새롭게 창조해 나갈 수 있다. 자신의 삶을 창조하면서, 타인의 자유나 권리를 침해한다는 것은 있을 수 없는 일이다. 그것은 자신을 위해 타인을 희생하는 이기적인 행위이기 때문이다. 반항하는 인간은 타인의 자유와 권리를 침해하지 않고, 자신의 자유와 권리를 추구하며, 자신의 삶을 창조해 나가야 한다.

시키는 것만 하는 사람은 자신의 자유와 권리를 쉽게 침해당하면서도, 그 어떤 반항도 하지 않는 사람이거나 학습 효과에 의해 못 하는 사람이라고 볼 수 있다. 시키는 것만 하면 개도 미친다. 그 이유는 무엇일까? 시키는 것만 하는 사람은 자신의 존재 이유를 찾을 수 없고, 자신에게 주어진 자유가 침해당하기 때문이다. 시키는 것을 거부하고, 반항하는 사람은 자신에게 주어진 자유와 권리를 지켜냄으로써, 자신의 삶을 새롭게 창조하고, 자신의 존재 가치를 스스로 발견하는 사람이다. 그래서 카뮈는 자유를 하나의 반항적 행위로 바라보았다.

> "자유가 없는 세계를 대하는 유일한 방법은 완전히
> 자유로워져서 당신의 존재 자체가 반항이 되는 것이다."

여기서 우리가 꼭 짚고 넘어가야 할 한 가지 사안이 있다. 그것은 우리를 억압하고 구속하는 것이 외부의 억압에 한정되지 않는다는 사실이다. 사실 가장 큰 구속과 억압은 내면에서 시작된다. 과거 시대보다 현대를 살아가는 현대인인 우리에게 이런 사실은 더 맞아떨어진다.

우리 내면에 부정과 체념과 절망과 무기력이 똬리를 틀고 앉아 있다면, 우리는 사실 자유로운 삶을 살아갈 수 없고, 삶을 재창조할 수도 없고, 자신의 존재 가치를 드높일 수도 없다. 이것 또한 보이지 않는 감옥이며, 구속이며, 억압이기 때문이다. 외부의 구속과 억압인, 시키는 것만 하게 되는 것은 오히려 반항하기가 쉽다. 구속과 억압의 주범인 대상을 명확히 알기 때문이다. 하지만 내면의 구속과 억압은 그 대상을 제대로 인식할 수 없기 때문에, 더 벗어나기 힘들다.

최근에 화제가 된 '가스라이팅'이란 용어도 일종의 내면적인 구속과 억압이다. 시작은 타인에게 시작되었지만, 종착점은 내면에서 스스로 자기가 자신을 구속하고 억압하게 되는 아주 무서운 심리적 정신적 자유의 박탈이다.

가스라이팅이라는 용어는 1938년 패트릭 해밀턴의 연극 〈가스등(Gas Light)〉에서 유래되었다. 이 연극은 화제를 모아, 그 후에는 영화로도 제작되었다. 남편이 아내를 미치게 만들기 위해, 가스등을 조작하는 장면이 나온다. 이 장면에서 가스라이팅이라는 용어가 생기게 되었다.

가스라이팅의 문제는 타인에 의해 자신의 자유와 선택이 구속당하게 된다는 것이다. 즉 자신의 삶을 자기가 창조하며 만들어내지 못하고, 가스라이팅하는 사람에 의해 조종당하고 통제를 받게 된다는 것이다. 이것보다 더 비참한 일이 어디 있

여섯 가지 유를 가져라

을까? 우리는 자유와 권리를 지켜야 한다.

가장 좋은 삶은 자신이 삶의 주체가 되어야 한다. 자신의 자율성과 창의성이 침해당해서는 안 된다. 세상과 타인은 당신을 알게 모르게 끊임없이 가스라이팅을 하며, 당신의 자유와 권리를 침해하고, 당신을 통제하고 억압하려고 할 것이다. 그런 상황에서 당신은 자신의 자유와 소중한 권리를 지켜야 한다. 그렇게 하기 위해서는, 진정한 반항아가 되어야 한다.

가스라이팅은 하나의 개념이지만, 가스라이팅이 아니더라도 당신의 자유와 권리를 침해하고, 시키는 것만 하는 존재로 당신을 전락시키는 세상과 타인의 시도는 끊임없이 존재하는 것이 세상의 부조리라는 사실을 우리는 인식해야 한다. 이런 상황에서 우리는 자신을 존재를 인정하는 연습을 해야 한다.

세상과 타인은 당신의 생각과 감정, 기억과 판단을 부정하게 만들어, 당신을 혼란스럽게 만들고, 내면에서부터 무너지게 만들어, 당신을 통제하려고 한다. 하지만 당신은 먼저 자신을 있는 그대로 인정해 주어야 한다. 자신의 존재 가치를 발견하고, 되찾는 것이 가장 중요하다. 무엇보다 자기 자신의 생각과 판단, 선택과 감정을 존중해야 한다.

　당신이 스스로 자신을 존중하지 않는다면, 세상과 타인은 똑같이 당신을 존중하지 않을 것이다. 당신이 먼저 자신을 존중한다면, 세상과 타인도 역시 당신과 똑같이 당신을 존중할 것이다. 진정한 의미의 자유를 위한 반항아가 되지 않는다면, 당신은 세상과 타인에게 통제당하고, 구속당하고 있는지도 모른다. 그러므로 오늘부터 반항아가 되어라.

여섯 가지 유를 가져라

자유가 없는 직장 생활은
수명을 단축하는 독약!

　자유가 없는 사람은 불쌍한 사람이다. 그런데 불쌍할 뿐만 아니라 수명이 단축된다. 특히 직장인들은 더 그렇다. 다시 말해, 자유가 없는 직장 생활은 직장인에게 독약을 마시는 것과 다름없다. 이 말은 절대 과장이 아니다. 직장 생활을 하는데, 자유가 없다면, 그것은 지옥과 다름없다. 자신의 건강만 해치는 것이 아니라, 삶도 파괴당할 수 있기 때문이다.

　"인간이 이상으로 여기는 개인의 성장과 행복을 실현하기 위해서는 자신을 분리할 것이 아니라, 스스로 매사를 생각하고 느끼고 이야기하는 것이 중요하다. 더욱이 무엇보다도 꼭 필요한 것은 자신 그대로의 모습으로 살아가는 데 용기와 강인함을 지니고 자아를 철저하게 긍정하는 일이다."

그렇다. 우리는 자아를 철저하게 긍정해야 한다. 자유를 억압당하고, 생활이 통제된다면 우리는 참된 삶을 살아낼 수 없다. 우리 시대 가장 탁월한 사상가로 평가받는 에리히 프롬의 저서 《자유로부터의 도피》를 통해 이 사실을 좀 더 명확하게 이해할 수 있다.

저자는 말한다. 과거 중세 시대에는 봉건사회라는 체제 안에서 자유는 없지만, 안전과 소속감을 느꼈다. 하지만, 현대 자본주의 시대에는 개인이 자유를 얻었지만, 그에 따른 생존과 번영이 모두 개인의 책임에 달려있으므로, 자유를 얻었지만, 노력하지 않고, 일을 하지 않으면, 그 자리에 가라앉을 수밖에 없다는 불안에 떨며 살아간다. 이 불안에서 벗어나려면 어떻게 해야 할까? 저자는 두 가지 길이 있음을 말한다.

"하나는 '자유로부터 도피'하여 독재자들에게 자신의 자유를 넘겨주고, 스스로 자동인형 같은 인간이 되는 길과 다른 하나는 전통적인 권위로부터의 해방을 넘어 인간의 독자성과 개인성에 바탕을 둔 '적극적인 자유'를 실현

여섯 가지 유를 가져라

하는 길이다."

　당신의 선택은 무엇인가? '자유로부터의 도피'를 선택할 것인가? 아니면 적극적인 자유를 실현할 것인가? 전자를 선택하는 독자가 있다면, 이 사실을 기억해야 한다. 인간은 본질적으로 자유롭지 못한 환경에 놓이게 될 때, 비참한 삶을 살아가게 된다는 사실이다. 자유가 없는 직장 생활도 마찬가지다. 자유가 없다면, 우리는 가장 소중한 자기 자신을 잃어버리고, 삶과 업무에 대한 통제력을 상실하게 된다. 직장에서 상사가 시키는 일만 하면, 처음에는 책임이나 비판에서 벗어날 수 있다고 생각할 수 있지만, 이것은 착각이다. 자유가 없는 삶이나 직장 생활을 오래 하게 되면, 무엇보다 인간은 수동적으로 변하고, 우울감, 불안감, 무기력에 빠지게 되고, 프롬이 이야기한 감정도 느낌도 없는 자동인형 같은 인간으로 전락하기 때문이다.

　직장에서 자유가 없는 삶은 상사나 타인의 지시에 무조건 따르기 때문에, 자기 생각과 의견이 사라지고, 심지어 존재 가치와 존재 이유까지도 부정하게 된다. 우리는 이런 사람이나 물건을 꼭두각시라고 비유적으로 표현한다. 더 중요한 사실은 직장에서 자유가 없는 사람은 심신이 나약해지고, 질병에 취약한 건강 상태가 된다는 점이다.

하버드 가제트(Harvard Gazette)의 연구 기사에 따르면, 직장에서 자율성과 자유가 부족할 때, 직원들은 높은 스트레스를 받게 되고, 이는 결과적으로 심혈관계 질환과 같은 만성 질병의 발병 위험을 증가시켜, 우울증, 고혈압, 심지어 조기 사망의 위험이 커진다고 한다. 직장에서 자신의 의견이 무시당하고, 업무와 관련된 모든 것을 스스로 결정할 수 없는 환경, 즉 상상의 지시에만 따르게 되면, 개인은 신체적, 정신적 건강을 심각하게 해칠 수 있다. 인간은 자율성과 자유를 느낄 때, 스트레스 호르몬인 코리티솔 수치가 감소하고, 면역 기능이 향상되기 때문이다. 인간은 자유가 없을 때, 육체적, 심리적 건강과 함께 삶의 질이 낮아진다.

즉 자율성이 없는 직업을 가진 사람들은 자유가 없고, 통제당하기 때문에, 스트레스와 압박으로, 심장병, 고혈압, 당뇨와 같은 만성 질환에 걸릴 위험이 2배 이상 높다고 한다. 매일매일 상사의 눈치를 보며 자신의 감정을 억누르고, 자아가 무시당한 채, 강한 스트레스와 통제와 압박 속에서 살아가는 사람들은, 결국 건강을 잃고, 질병에 걸린 가능성이 높아진다.

자유와 자율성이 억압당하는 것은, 단순히 스트레스의 문제가 아니다. 이것은 인간의 기본적인 욕구를 좌절시키기 때문에, 기분과 감정에도 악영향을 준다. 그로 인해 우울감이 들고, 학습된 무기력을 더 자주 경험하게 된다. 인간의 감정과 스트레스 연구 분야에서 선구자로 평가받는 리처드 래저러스는 자신의 저서《감정과 이성》을 통해 이런 사실을 잘 설명한다.

이 책의 저자는 미국 심리학계에서 가장 영향력 있는 심리학자 중 한 명이다. 저자는 인간의 감정과 스트레스, 감정과 건강 간의 상호관계에 대해서도 잘 말해 준다. 인간의 감정은 단순한 반응이 아닌, 그 상황에 대한 개인의 인지적 평가 때문에 형성되는 것이라고 주장한다. 이런 주장의 밑바탕에는 인간이 그저 외부 환경에 수동적으로 반응하는 존재가 아니라는 점이 깔려있다. 즉 인간은 자기 경험과 의식을 바탕으로 환경과 사건을 해석하고, 그로 인해 감정이 결정된다는 것이다. 그래서 직장에서 자유가 없는 사람 사람들이 왜 극도의 스트레스와 감정적 고통을 받게 되는지를 자신의 논지로 설명한다. 그것은 자유가 없을 때, 인간은 무엇보다 환경과 삶을 통제할 수 없는 존재로 자신을 평가하고, 그런 존재라고 자신을 느끼기 때문이다.

즉 자유가 없는 삶 자체도 문제이지만, 그것보다 더 큰 문제는 그런 삶을 살고 있는 자신을 재평가하기 때문에, 더 큰 문제가 부수적으로 발생한다는 것이다. 그의 주장이 설득력이 있는 이유는 무엇일까? 그것은 동일한 환경에서도 어떤 사람은 우울증에 걸리고 정신병자가 되고, 심지어 빨리 죽지만, 또 어떤 사람은 심리적으로 더 건강해지고, 더 오래 살기 때문이다.

전자의 경우는 학습된 무기력(learned helplessness)과 같은 현상 때문이다. 통제되고 구속당하는 그런 환경에 반복적으로 노출되면, 더 이상 그런 상황을 극복하려고 하지 않고, 자포자기한다. 학습된 무기력이 무서운 이유는 이에 따라 발생하는, 자신에 대한 불신과 좌절 때문이다. 자신을 불신하고, 있는 그대로 그 존재 가치를 발견하지 못하고, 인정하지 못하면, 자기 혐오, 우울증으로 이어질 수도 있기 때문이다.

후자의 경우는 최악의 상황에서도 타인을 위해 헌신하고, 끝까지 사랑을 실천하는 이타주의자들이다. 이타주의자들이 왜 이기주의자들보다 더 강하고, 더 오래 살고, 더 건강할까? 이타주의자들은 자신보다 타인을 먼저 생각하고, 타인을 돕고, 타인을 위해 자신을 헌신한다. 이런 사람들은 왜 더 건강하고,

더 행복하고, 더 오래 살까?

　미국심리학회(APA, American Psychological Association)의 연구 결과에 따르면, 타인을 돕는 행동은 개인의 자존감을 높이고, 행복감과 삶의 만족을 증진하기 때문이다. 이는 삶에 대한 긍정적인 태도를 형성한다. 이런 것들은 인간이 더 건강하게 오래 살 수 있는 기반을 제공해 준다. 많은 연구 결과가, 자원봉사와 같은 이타적 활동을 하는 사람들은 고혈압, 우울증, 심혈관계 질환 등 만성 질병의 발병 위험이 낮아지며, 사망률도 감소한다는 사실을 말해 준다.

　스티븐 포스트(Stephen G. Post)의 "이타주의, 행복, 건강: 좋은 것은 좋은 것입니다.(Altruism, Happiness, and Health: It's Good to Be Good)"라는 논문을 보면 이런 사실을 더 확실하게 알 수 있다. 자원봉사나 타인을 돕는 행동을 실천하는 이타주의자들은 그렇지 않은 사람들보다 더 스트레스가 적고, 더 오래 산다. 그 이유는 이런 이타적인 행동이 스트레스 호르몬인 코르티솔의 수치를 낮추어, 세포 노화를 늦추고, 수명을 연장하는 데 이바지하기 때문이다. 재미있는 사실은, 자주 스트레스를 느끼는 여성의 경우이다. 이런 여성이 이타적 행동을 실천했을 때 텔로

미어(세포 노화의 지표) 길이가 길어져, 신체적으로 더 오래 살 수 있다고 한다.

이타적인 행동은 단순한 기쁨 이상의 깊은 만족감과 삶의 의미, 존재 이유를 제공한다. 이것은 단순한 도덕적 가치의 실천을 넘어, 개인의 건강과 장수, 행복과 삶의 질에 긍정적인 영향을 미친다. 이타적인 행동은 인간의 자율성과 자유의 최고 수준의 행위다. 이들은 최고의 삶을 영위한다.

하지만 자유가 없는 직장 생활을 하는 이들은 정신적으로 피폐해지며, 삶의 의욕을 완전히 잃게 된다. 인간으로서 최악의 삶을 살게 된다. 이러한 삶은 결코 사는 것이 아니며, 살아도 죽은 삶과 다를 바 없다. 자유 없는 직장 생활은 자신을 서서히 파멸시키는 치명적인 독이다. 매일 같은 시간, 같은 자리에 앉아, 존경하지 않는 직장 상사의 지시에 맹목적으로 기계처럼, 자동 인형처럼, 꼭두각시처럼, 일하는 기계가 되어, 무의미한 일을 반복하며 내던져진 인생은 진짜 인생이 아니다. 이것은 마치 시한폭탄과도 같다. 폭발하지 않는다고 해도 그 안에 쌓여가는 무기력과 절망, 불만족과 우울감은 당신을 서서히 불행과 죽음으로 몰아넣는다. 자유도 없이, 자율성을 무시당한 채 단순히 지시에만 따르며 살아가는 삶은 인간으로서의 존엄을 훼손하며, 그로 인해 발생하는 심리적 고통과 감정은 건강을 좀먹고, 수명을 단축하게 하는 독극물로 작용한다. 궁극적으로 이런 삶의 끝은 불행이며, 질병이며, 죽음이며, 파멸이다.

자유가 아니면
죽음을 달라!

"자유가 아니면 죽음을 달라(Give me liberty, or give me death!)**"**

이 말은 1775년, 미국 독립 전쟁 당시 패트릭 헨리(Patrick Henry)가 외친 강렬한 선언이다. 그는 버지니아 회의에서 영국의 지배에 저항하며 자유의 중요성을 역설하며 이 문구를 외쳤고, 이는 미국 독립 정신의 상징이 되었다.

그렇다. 자유 없이 살아간다는 것은 단순한 생존이 아닌 죽음과도 같다. 그것은 고귀한 인간을 무의미한 존재로 전락시키는 것과 같다. '자유가 아니면 죽음을 달라'를 실천한 인물은 적지 않다. 그중 한 명이 스코틀랜드의 독립 영웅인 윌리엄 월리

여섯 가지 유를 가져라

스다. 그는 잉글랜드의 억압과 통제에 맞서 목숨 걸고 싸운 인물이다. 그는 스코틀랜드의 자유를 요구하며, 독립운동을 이끌었다. 잉글랜드 군에 잡혀 처형당할 때까지 그는 자유와 독립을 위해 끝까지 싸웠다. 그의 삶은 나중에 "브레이브하트"라는 영화로 제작되었다.

우리는 우리나라의 독립과 자유를 위해 목숨을 바친 인물들을 기억해야 할 것이다.

일본에서 노동자로 일하면서 한국 독립에 대한 꿈을 품었고, 조국의 독립을 위해 목숨을 걸고 일본 도쿄에서 일본 천황의 마차에 폭탄을 투척하여 일본 제국주의에 저항한 독립운동가 이봉창 의사, 1919년 아우내 장터에서 대규모 만세운동을 이끌다 체포되어 서대문 형무소에 투옥되어, 극심한 고문 속에서도 끝까지 독립과 자유를 외치며 마지막까지 조국의 자유를 위해 싸운 유관순 열사, 1932년 상하이 훙커우 공원에서 조국의 독립과 자유를 위해, 일본군 장성과 고관들을 겨냥해 폭탄을 던진 윤봉길 의사, 1909년 만주 하얼빈역에서 이토 히로부미를 저격한 후 체포되어 사형선고를 받고, 죽음을 맞이한 안중근 의사 등을 비롯한 독립과 자유를 위해 목숨을 바친 이들은 적지 않다.

그렇다. "자유가 아니면 죽음을 달라!"는 단순한 구호가 아니다. 그것은 인간이 자신의 본질을 지키기 위해 마지막으로 내뱉은 최고의 절규이자, 최후의 보루이다. 그 무엇과도 바꿀 수 없는 가치이다. 자유가 없는 삶이 얼마나 끔찍한지, 그리고 그 자유를 찾기 위해 얼마나 많은 대가를 치러야 하는지를 잘 말해 주는 문학 작품이 있다. 바로 조지 오웰의 《1984》다.

이 책은 권력 남용과 세뇌를 통한 인간의 삶과 자유의 상실이 어떤 비극을 초래하는지를 경고하는 예언적 작품이라고 할 수 있다. 이 책에 나오는 문장 중 가장 충격적인 문장은 이것이다.

"WAR IS PEACE, FREEDOM IS SLAVERY,
IGNORANCE IS STRENGTH."
(전쟁은 평화이고, 자유는 노예이고, 무지는 힘이다.)

오웰은 이 작품을 통해 단순한 폭력이나 억압적인 사회보다 더 무서운 것이, 사상과 감정까지 통제당하는 사회라는 사실을 알려 준다. 이렇게 사상과 감정까지 통제당하면, '자유가 아니면 죽음을 달라'는 말을 할 수가 없기 때문이다.

이 소설의 배경은 '오세아니아'라는 가상의 독재국가인 전체주의 국가다. 책 속에서 세계는 세 개의 초강대국으로 나뉘어 있고, 끊임없는 전쟁을 벌이고 있다. 오세아니아도 그 세 개의 초강대국 중에 하나다. 당은 시민의 모든 행동, 생각, 감정까지도 감시하고 통제한다. 모든 개인의 삶은 '빅 브라더'가 지켜보고 감시한다. 국가는 진리부, 사랑부, 평화부, 풍요부라는 네 개의 부서로 나누어, 사회 전반을 관리한다. 충격적인 사실은 '사상죄(Thoughtcrime)'라는 개념을 통해 시민의 생각조차도 처벌 대상이 된다는 사실이다.

이런 사상의 통제 아래, 주인공 윈스턴 스미스는 공교롭게도 '진리부(Ministry of Truth)'에서 일하며, 당의 명령에 따라 과거의 기록을 조작하는 일을 하는 인물이다. 그의 일은 '빅 브라더'와 당이 원하는 대로 역사를 왜곡하는 것이다.

윈스턴은 '사상죄(Thoughtcrime)'로 처벌받을 수 있는 행위이지만, 자신의 감정을 표현할 수 있는 유일한 방법으로 일기를 쓰기 시작한다. 그는 '빅 브라더는 당신을 지켜보고 있다'는 문구가 쓰인 포스터를 보고 반감을 느끼기도 한다. 그런 와중에 줄리아라는 여성으로부터 사랑의 고백을 받고 사랑에 빠지게 된다. 두 사람은 사랑을 통해 억압적인 체제 속에서도 인간적인 감정을 나누며 당에 저항하기 시작한다.

이 나라에서는 사랑도 금지다. 모든 인간의 기본적인 감정, 사상, 의식이 모두 통제되어, 자기 마음대로 뭔가를 생각하고 판단할 수가 없는 그런 부조리한 사회이다. 주인공이 사랑을 한다는 것은 당에 저항한다는 것을 의미한다. 두 사람은 당에 저항하고 있다고 믿었던 인물 오브라이언의 배신으로 사상경찰(Thought Police)에 체포된다.

그들은 이미 자신들만 몰랐지, 빅 브라더를 통해, 모든 것이 감시당하고 있었으며, 자신들이 안전하다고 믿었던 공간조차도 텔레스크린(감시 화면)에 의해 이미 노출되어 있었다. 더 무서운 사실은 고문을 통해, 주인공은 세뇌당하고 만다는 것이다.

세뇌의 결과는 참혹하다. 주인공은 결국 '2 더하기 2는 5'라는 거짓을 진실로 믿게 된다. 고문을 통해 주인공은 결국 자신

여섯 가지 유를 가져라

의 마지막 남은 인간성마저 파괴되고, 잃게 되어, 사랑했던 연인 줄리아를 배신하게 되고, 그녀가 고통을 받도록 해 달라고 애원하는 지경에 이른다.

주인공은 결국 모든 생각, 의식, 감정까지도 완벽하게 통제를 당하고, 세뇌를 통해, 빅 브라더를 사랑하게 되고, 자신은 그 어떤 자유도 없는 꼭두각시 인형으로 전락하게 된다.

그렇다. 자유가 아니면 목숨을 달라고 할 수 있는 상황은 자유만 억압당한 상태다. 이것보다 더 무서운 것은 이런 생각도 할 수 없는, 생각과 사상과 감정까지도 마음대로 할 수 없는 상황이다. 마치 이 책의 주인공이 경험한 전체주의 국가처럼 말이다.

조지 오웰의 《1984》는 전체주의 사회가 어떻게 개인의 자유와 사고를 억압하고 파괴하고 통제하고 조종하는지를 여실히 보여준다. 생각과 감정이 통제되어, 거짓을 진실로 받아들이게 되면, 그 순간 인간성도, 인간의 존엄도 모두 파괴될 뿐이다.

내게 자유를 許하라

그렇다. 인간이 스스로 '내게 자유를 허하라'라고 외칠 수 있다면, 그것은 최악의 상황이 아니다. 최소한 자유의 중요성을 제대로 인식하는 상황이기 때문이다. 스스로 이런 말을 할 수 없는 상황, 즉 '자유는 노예다.' '자유는 불행이다.' '자유는 필요 없다.' '자유는 구속이다.'라는 생각을 하고, 말한다면, 그 상태가 가장 최악의 상황이기 때문이다.

'내게 자유를 주시오.'라고 말한다면, 당신은 아직 최악의 상황이 아님을 알아야 한다. 우리는 이런 외침을 해야 하고, 누려야 한다. 이것은 인간으로 태어나서 마땅히 누려야 할 권리이며, 인간의 존엄성이며, 훼손되어서는 안 되는 가치이기 때문이다.

여섯 가지 유를 가져라

이런 말도 하지 못하게 되는 상황이 정말 발생할 수 있을까? 충분히 가능하다는 사실을 우리는 앞에서 살펴보았다. 그럼에도 이런 외침을 하기 위해서는 목숨을 걸어야 한다. 그래서 용기 있는 자들만이 이런 외침을 할 수 있다. 용기가 없는 자에게도 자유는 그 자체로 존재의 본질이며, 누구나 다 누려야 하는 권리이며, 삶의 방식이다.

"자유란 선택의 문제가 아니다.
그것은 삶의 방식이며, 존재의 본질이다."

플라톤이 《국가》에서 말한 자유는 바로 그런 것이다. 자유는 인간 존재의 본질이다. 하지만, 자유는 결코 쉽게 얻어지는 것이 아니며, 끊임없는 투쟁을 해야 한다고 경고한다.

끊임없는 투쟁은 외면과 내면 모두를 이야기한다. 현대인들은 오히려 내면의 투쟁을 이야기하는 쪽이 더 가깝다. 내면의 투쟁은 여러 가지 종류가 있다. 자신의 사상과의 투쟁, 시간과의 투쟁, 종교와의 투쟁, 문화와의 투쟁, 철학과의 투쟁 등을 이야기할 수 있다.

시간과의 투쟁 속에서 자유를 쟁취하려는 인간의 고뇌와 창조를 묘사한 책이 바로 마르셀 프루스트의 《잃어버린 시간을 찾아서》이다. 이 책은 20세기 최고의 소설로 꼽힌다. 그 이유는 무엇일까? 그 이유는 이전의 소설들이 인간 내면보다는 외면의 상황과 사회의 모습을 담아내려고 했다면, 이 소설은 오로지 인간의 내면과 의식, 그 자체를 사랑과 문화와 예술에 대한 성찰을 통해, 담으려고 했기 때문이다. 그 과정에서 가장 중요한 역할을 하는 것이 기억이며, 기억은 결국 과거 시간과의 투쟁이라고 볼 수 있다.

이 책은 주인공 마르셀의 기억과 회상을 중심으로 이야기가 전개된다. 주인공이 잠들기 직전, 홍차에 적신 마들렌 과자의 맛을 통해 어린 시절의 기억이 되살아나는 장면으로 시작되는 이 책의 중심 주제는 시간과 기억이다.

프루스트는 시간의 흐름 속에서 사라져 버린 기억을 되찾고자 하며, 이를 통해 인간의 내면적 갈등과 자아 발견을 그려낸다. 마르셀은 현재 속에 존재하지만, 과거의 기억이 현재에 영향을 미치는 것을 경험하며 시간의 복합성을 깨닫게 된다. 한 마디로 저자는 시간과의 투쟁을 통해 인간의 존재 의미를

여섯 가지 유를 가져라

깊이 있게 파헤치고, 진정한 자아와 자유를 찾는 여정을 시작한다. 그 여정에서 만나게 되는 탐구의 재료는 한두 개가 아니다. 그는 예술, 문화, 사랑, 사회, 우정, 가족 등의 탐구와 성찰을 통해, 이 책의 이야기를 이어나간다.

이 책은 단순한 소설이 아니다. 너무나 복잡하고 심오한 인간의 내면을 탐구하는 책이다. 그래서 많은 이들이 이 책을 가장 높게 평가하는 것도 이해가 간다. 이 책에서 프루스트는 자유를 단순히 외부의 억압에서 벗어나는 것으로 규정하지 않는다. 저자는 자유를 외부가 아닌 내면의 해방으로 규정하고, 진정한 자아를 발견하는 것, 즉 시간의 흐름 속에 얽매인 인간이 자신의 기억을 통해 잃어버린 자아를 재발견하는 과정에서 성취되는 것으로 규정한다.

이 책의 주인공 마르셀은 결국 자신의 기억을 예술로 재구성함으로써, 시간의 구속에서 벗어나, 억압된 자아를 해방시킨다. 즉 시간과의 투쟁을 통해 자유를 되찾는 것이다.

시간과의 투쟁이 아닌 문화와의 투쟁을 통해 내게 자유를 허하라고 외친 이가 있다. 바로 프리다 칼로다. 그녀는 어린 시절 교통사고로 평생 신체적 고통이라는 감옥 속에 갇혀 살게 된다. 그녀는 그런 고통을 예술과 문화를 통해 극복하고, 자유를 되찾기 위해 끊임없이 투쟁하는 삶을 살아간 인물이다.

"나는 아픈 사람이 아니라, 고통을 그리고 있다.
내 고통을 그릴 때 비로소 자유로워진다."

그렇다. 그녀는 문화와의 투쟁을 통해 끊임없이 자유를 쟁취해 나간 인물이다. 이런 사실을 그의 대표작을 통해 우리는 알 수 있다. 그녀의 대표작 중 하나인 〈부서진 척추〉는 자신의 고통을 시각적으로 보여주는 작품이다. 그녀는 자기 몸을 금이 간 대리석 기둥으로 묘사했다. 거기에 수십 개의 못은 고통스럽게 몸을 찌르고 있고, 몸을 지탱하던 코르셋은 몸을 더욱 옥죄고 있는 모습과 눈물을 흘리는 얼굴을 통해 자신의 고통을 시각화했다. 이런 그림을 통해 그녀는 자신의 고통을 직시하고, 문화와의 투쟁을 통해, 자유를 쟁취하게 된다.

그녀가 쟁취한 자유는 고통으로부터의 해방인 내면의 자유뿐만 아니라, 남성 권위주의의 문화계에 대한 여성 예술가로서의 자유도 포함된다. 당시 남성 중심의 예술계에서 여성 예술

여섯 가지 유를 가져라

가로서 인정받는 것은 쉽지 않은 일이었다. 하지만 그녀는 예술과의 투쟁을 통해, 남성 권력과 사회적 편견에 맞서서, 여성 예술가에게 편견과 남성 중심의 예술계에서 해방했다. 그녀는 자신의 예술을 통해 여성의 정체성을 재정의하고, 억압받는 여성 예술가에게 자유를 허하게 했다.

그녀는 신체적 고통과 문화적 억압, 사회적 편견에 맞서 싸웠다. 그녀는 예술을 통해 그 모든 구속을 뛰어넘어 자유를 성취했다. 그녀의 예술은 그녀가 겪었던 모든 고통과 투쟁을 담고 있으며, 그 고통을 작품으로 승화시켜 억압된 자아를 해방하고, 자유를 찾는 과정이었다. 프리다는 자기 삶과 예술을 통해 "내게 자유를 허하라"라는 외침을 현실로 만들어냈고, 성취한 인물이다.

종교와의 투쟁을 통해, 신앙의 자유를 쟁취한 인물이 바로 마르틴 루터다. 그는 신앙의 자유를 위해, 가톨릭교회의 부패를 비판하고, 성경 말씀의 중요성을 강조하며, 오직 신앙만이 인간을 구원할 수 있다고 투쟁했다.

1517년 10월 31일, 마르틴 루터는 독일 비텐베르크 성당 정문에 〈95개 반박문〉을 게시한다. 그는 이 문서를 통해 무엇보다 면죄부 판매를 비판했다. 이 당시 가톨릭교회가 판매하고 있던 면죄부는 돈을 내면 죄를 사해준다는 교회의 정책이었다. 이는 교회의 재정적 욕심을 채우기 위한 것이었고, 교리의 왜곡을 정당화한 것에 불과했다. 루터는 이 면죄부 판매가 성경의 가르침에 어긋나며, 참된 회개는 돈이 아닌 신앙을 통해 이루어져야 한다고 주장했다.

95개 반박문의 주된 내용은 이런 것이었다.

"면죄부는 성경에 근거한 교리가 아니다."
"교황의 권위는 성경의 권위에 종속되어야 한다."
"교황은 사람의 죄를 사면할 권한이 없으며, 오직 하나님만이 그 권한을 가지고 있다."
"사람은 면죄부를 통해 구원을 얻을 수 없다."
"오직 신앙과 하나님의 은혜를 통해서만 구원을 얻을 수 있다."

루터는 교회의 절대적인 권위에 도전하였고, 종교와의 투쟁을 통해 신앙의 자유를 쟁취했다. 루터가 쟁취한 신앙의 자유는 한 마디로 '오직 믿음' '오직 성경' '오직 은혜'로 요약할 수 있다. 루터는 자신의 논문이자 저서인 《그리스도인의 자유》를 통해, 신앙의 자유를 설명해 주었다.

신앙의 자유는 모든 그리스도인이 누려야 할 권리이며, 성경을 스스로 해석하고 하나님과 직접 소통할 수 있는 자유를 말한다. 루터는 자신의 신앙적 자유를 위해 "내게 자유를 허하라!"라고 외친 인물 중 한 명이다. 루터는 자신의 신앙적 자유를 지키기 위해 종교와의 투쟁을 멈추지 않았다. 1521년 보름스(Worms)에서 열린 신성로마제국의 의회에서 자신의 주장과 신념을 철회하라는 요구를 받았다. 교회와 지도자들이 그를 설득하려 했지만, 루터는 교회와 황제 앞에서 다음과 같은 말을 남겼다.

"나는 양심에 따라 이 자리에 섰습니다. 나는 다르게 행동할 수 없습니다. 하나님, 나를 도우소서. 아멘."

그는 끝까지 태도를 고수하며, 굴복하지 않았다. 이 사건 이후 그는 신성로마제국으로부터 파문당하고 반역자로 몰려 생명의 위협을 받기도 했다. 그렇다. 그는 체포와 처형의 위험을 감수해야 했고, 교회로부터 파문당했지만, 그의 외침은 유럽 전역으로 퍼져나갔고, 결국 개신교(Protestantism)의 탄생으로 이어졌다.

삶의 자유만큼 중요한 것은 없다

자유만큼 중요한 것은 없다. 왜냐하면 그것은 인간이 인간답게 존재할 수 있는 본질적인 권리이기 때문이다. 자유는 사회적 억압이나 정치적 통제를 넘어선 그 이상의 것이기 때문이다. 인간의 존재 가치의 근본이며 삶을 살아가는 기본 방식이며, 신념이며 철학이며 사상이다. 그래서 자유는 단순히 속박에서 벗어나는 것이 아니라, 자신의 삶을 스스로 선택하고 창조하고 책임질 수 있는 권리이다.

인간에게 자유만큼 중요한 것은 없다. 그래서 과거와 현재, 그리고 미래에도 자유를 지키기 위한 투쟁은 계속되었으며, 계속될 것이다. 자유가 없는 삶은 단지 생존에 불과할 뿐, 진정한 삶이라고 할 수 없기 때문이다. 현재 진행되고 있는 투쟁은 디지털 사회에서 삶의 자유다. 디지털 사회에서도 개인의 자유, 프라이버시의 보호, 표현의 자유는 인터넷과 소셜 미디어가 발달하면서 새로운 형태의 자유를 위한 투쟁이 시작되었다고 볼 수 있다. 개인의 자유와 프라이버시, 표현과 정보가 국가와 기업에 의해 통제되고, 감시되고, 사찰당할 때, 개인의 자유와 사고의 자유는 심각한 위협에 직면하게 된다.

이런 사실을 세상에 폭로한 사람이 있다. 바로 에드워드 스노우덴이다. 그는 현재 러시아에 망명 중으로 알려진 인물이다. 그는 미국 중앙정보국(CIA)과 미국 국가안보국(NSA)에서 일을 했던 미국의 컴퓨터 기술자이다. 한 마디로 미국 중앙정보국 요원이었고, 미국 국가안보국 요원이었다. 그는 2013년, 가디언 지를 통해 미국의 통화감찰 기록과 감시 프로그램 등 다양한 기밀문서를 공개했고, 미국 국가안보국이 프리즘(PRISM)이라는 감시 프로그램을 통해 일반인의 개인정보를 무차별 수집하고 도청·사찰해 왔다고 폭로했다.

스노든은 자신의 폭로가 대중의 이름으로 자행되고 있는 정부의 무분별한 정보 수집이 개인의 자유를 침해한다고 주장

여섯 가지 유를 가져라

했다. 정부의 정보 감시가 어떻게 개인의 자유를 억압하고 민주주의를 위협하는지를 폭로했다. 이 사건 이후 10년이 지났지만, 상황은 더 나빠지고 있다고 그는 최근 가디언지와의 인터뷰에서 밝히기도 했다.

> "2013년에 우리가 본 것과 현재 정부의 역량을 생각해 보면 2013년(의 기술 수준)은 어린애들 장난처럼 보인다."

그는 현재 기술의 발전으로 현실 세계와 디지털 세계 모두에서 사생활 침해 위험이 더 커졌다는 점을 걱정했다. 또한 그는 정부나 거대 정보기술기업에 의해 야기되는 사생활 침해와 사찰과 감시 위험뿐만 아니라, 상업용 감시카메라, 얼굴인식, 인공지능(AI), 휴대전화 해킹용 스파이웨어 '페가수스' 등에 대해서도 우려를 표했다. 그의 말처럼 우리는 현대에 살면서 자유가 보장될 것이라고 무지개 빛 감상에 젖어 있어서는 안 된다. 알게 모르게, 우리의 자유와 정보와 삶이 사찰당하고, 감시당하고, 수집 당하고 있을지도 모르기 때문이다.

현대 민주주의 사회에서도, 우리는 개인의 자유가 절대로 보장되지 않는다는 사실을 알아야 한다. 현대 디지털 사회에서 우리는 자유가 보장된 삶을 지키기 위해서는 새로운 형태의 투쟁이 필요함을 깨달아야 한다.

역사는 반복된다. 미국의 독립 혁명, 프랑스 혁명처럼 자유를 위한 투쟁과 혁명은 지금도, 그리고 앞으로도 일어날 수 있다. 아니 일어나야 한다. 자유보다 더 소중한 것도 없으면서, 자유는 저절로 쟁취할 수 있는 것이 아니기 때문이다. 투쟁을 통해서만 쟁취할 수 있는 것이기 때문이다.

프랑스 혁명(1789-1799)은 억압적 군주제와 봉건적 특권에 맞서 시민들이 자유와 평등을 쟁취한 역사적 사건으로, 유럽 역사상 가장 중요한 정치적, 사회적 사건 중 하나로 평가받는다.

프랑스 혁명의 상징적인 사건은 바스티유 감옥 습격이다. 파리 시민들은 왕정의 억압을 상징하던 바스티유 감옥을 습격하여, 혁명을 프랑스 전역으로 확장했다. 바스티유 감옥은 당시 정치범들이 갇힌 곳이다. 이를 공격하는 것은 자유와 저항의 상징이었다. 이 사건은 프랑스 혁명의 본격적인 시작이 되었고, 이날 7월 14일은 오늘날 프랑스의 국경일로 기념되고 있다.

여섯 가지 유를 가져라

"모든 인간은 평등하게 태어났으며, 자유와 평등, 재산, 안
전, 억압에 저항할 권리를 가진다."

프랑스 혁명의 주체인 국민의회는 봉건제 폐지와 함께 인권
선언을 발표한다. 이 선언은 프랑스뿐만 아니라 이후 전 세계적
으로 인권의 기준이 되었으며, 인간의 기본적 권리에 대한 개
념을 확립하는 중요한 문서가 되었다.

프랑스 국민은 인권 선언과 함께, "자유, 평등, 박애"라는 구
호를 내걸고, 절대 왕정과 귀족의 특권을 철폐하고, 봉건제 폐
지를 위해 목숨을 걸고 투쟁했다. 투쟁의 결과 1791년, 새 헌법
이 제정되어 입헌군주제(constitutional monarchy)가 도입되었다. 하
지만 루이 16세는 이것을 인정하지 않았고, 외국 군주들과 결
탁해 혁명을 무력으로 진압하려고 했다. 루이 16세는 1791년,
혁명의 확산을 저지하고 왕권을 회복하기 위해 오스트리아와
의 동맹을 강화하고 외세의 도움을 받으려고 했고, 왕비와 함
께 오스트리아로 도주하려다 체포된다.

루이 16세는 반역죄로 기소되었고, 1793년 1월 21일에 단
두대에서 형장의 이슬이 된다. 루이 16세의 처형은 프랑스 혁

명에서 가장 극적인 순간 중 하나로, 왕정을 완전히 무너뜨리고 공화정 수립을 공식화하는 순간이었다. 그의 무력 진압 시도는 오히려 혁명 세력의 결속을 강화하고, 왕정의 몰락을 가속하는 결과를 초래했다. 하지만 군주제가 폐지되고, 공화정이 수립되었지만, 진정한 자유는 오지 않았다. 혁명은 점점 급진화되었고, 공포정치가 시작된 것이다.

공포정치 기간 반혁명 세력으로 의심되는 수많은 사람이 처형당했다. 이 시기는 프랑스 혁명에서 가장 암울한 시기로, 혁명 내의 분열과 외부의 전쟁이 동시에 진행되었다. 프랑스 혁명은 나폴레옹이 쿠데타를 일으켜서, 황제로 등극하면서, 종결되었다. 프랑스 혁명은 무려 10년 동안 이어진 역사적 사건이었다. 이처럼 자유를 쟁취한다는 것은 쉽고 간단한 일이 아니다. 투쟁과 노력을 통해 획득할 수 있는 것이다.

자유를 쟁취하기 위한 투쟁은 때에 따라서는 10년이 걸릴 수도 있고, 어떤 경우에는 50년, 혹은 100년이 걸리거나, 때로는 이런 오랜 세월이 걸려도 쟁취할 수 없는 사례도 있다. 미국의 흑인 인권 운동이 그 예 중에 하나다.

미국의 흑인 인권 운동은 자유를 쟁취하기 위한 투쟁이 거의 100년 동안 계속된 사례 중 하나다. 1865년 남북전쟁의 종결과 함께 노예제가 폐지되었지만, 진정한 자유가 쟁취된 것은 아니었다. 미국의 흑인들은 여전히 법적으로도, 사회적으로도 차별을 받아야 했고, 자유를 완전히 쟁취하지 못한 상태로 100년 이상을 살아야 했다. 노예제가 폐지되고, 정확히 100년이 흘렀지만, 미국의 흑인들은 여전히 인종차별 정책인 '짐 크로우 법(Jim Crow Laws)' 아래에서 살아야 했다.

짐 크로 법(Jim Crow laws)은 1876년부터 1965년까지 시행됐다. 짐 크로는 '흑인 격리'를 가리키는 말이다. 이 법은 모든 공공기관에서 백인과 흑인을 분리하도록 의무화하는 법이다.

이 법은 미국의 흑인들이 "분리되어 있지만 평등하다."(separate but equal)는 사회적 지위를 갖도록 했지만, 흑인들의 현실과 대우는 전혀 평등하지 않았다. 인종 분리로 흑인들은 백인들보다 경제적으로, 지역적으로 열등한 대우를 받았으며 이것은 경제, 교육, 사회 등에서의 심한 불평등을 낳았다.

흑인의 인권과 자유를 위해 투쟁한 대표적인 인물이 마틴 루서 킹 주니어다. 그의 투쟁을 통해 1964년 민권법(Civil Rights Act)과 1965년 투표권법(Voting Rights Act)이 제정되었고, 짐 크로 법은 효력을 잃게 되었다. 그러나 이후에도 흑인을 향한 인종차별은 여전히 계속되고 있다.

자유는 저절로 얻어지거나, 쉽게 얻어지는 것이 아니다. 자유는 그만큼 소중한 것이기 때문이다. 자유는 또한, 한 번 쟁취했다고 해서 영원히 유지되는 것도 아니다. 자유를 지키기 위해서는 끊임없는 투쟁과 희생이 필요하다. 세상에 공짜는 없다. 하물며 가장 소중한 자유는 어떨까?

제 5 장

삶의 고유(固有)

"자신을 대단치 않은 인간이라 폄하해서는 안 된다. 그 같은 생각은 자신의 행동과 사고를 옭아매려 들기 때문이다. 오히려 맨 먼저 자신을 존경하는 것부터 시작하라. 아직 아무것도 하지 않은 자신을, 아직 아무런 실적도 이루지 못한 자신을 인간으로서 존경하는 것이다. 자신의 인생을 완성시키기 위해 가장 먼저 스스로를 존경하라."

_ 니체, 《권력에의 의지》

"당신의 고유한 이유를 따라 살아라. 그 이유만이 당신을 자유롭게 한다."

_ 에픽테토스(Epictetus)

여섯 가지 유를 가져라

고유한 생명은
고유하게 살라고 하는 명령(生命)이다

삶의 고유는 우리가 이 세상을 살아가는 존재 이유와 인간의 가치와 직결된다. 자신의 고유성을 가진 사람은 자존감이 높고, 그 어떤 상황에서도 쉽게 무너지지 않는다. 그뿐만 아니라 삶의 고유는 우리를 더 나은 존재로 재창조해 주고, 타인의 삶을 따라가지 않도록 도와준다.

현재 대한민국의 인구는 약 5,100만 명이고, 세계 인구는 약 80억 명이다. 그렇다. 지금 80억의 인간이 살아가고 있다. 그런데 인생이 동일한 사람은 단 한 사람도 존재하지 않는다. 같은 지역에서 같은 직장을 다니고 같은 연봉을 받고 같은 나이라고 해도, 서로의 인생은 절대 같을 수가 없다.

심지어 쌍둥이조차도 다 다르다. 우리는 각각 다르므로 존재 가치가 있다. 불가능하지만, 정말 모든 것이 완벽하게 똑같은 인생을 살았다고 해고, 사람 자체가 다르기에 똑같은 인생을 살았다고 할 수 없다.

우리가 타인의 삶을 살려고 노력하는 것은 스스로 존재 가치를 훼손하는 것이다. 고유함의 중요성을 우리는 깨달아야 한다. 그것은 하나의 지상 명령이기 때문이다. 삶의 고유를 방해하는 것 중 하나가 타인과 비교하는 삶이다. 그래서 철학자 쇼펜하우어는 "타인과 비교하는 것은 자신의 삶을 망치는 가장 확실한 방법이다"라고 경고했다.

타인과 비교하는 행위는 삶의 고유를 무시하는 것이며, 결국 고유를 상실하게 한다. 고유가 상실된 삶은 타인의 삶을 따라가게 되고, 자신의 정체성도, 주체성도 잃어버리게 된다. 그래서 우리는 고유하게 살아야 한다. 삶의 고유를 회복해야 한다.

그렇다면, 고유하게 산다는 것은 어떤 것일까? 그것은 자신을 있는 그대로 인정하는 것이다. 그것은 자신을 존중하는 것이다. 그것은 자신의 삶을 이해하는 것이다. 그것은 타인의 삶

여섯 가지 유를 가져라

이 아닌, 자신의 삶을 살아가는 것이다.

독일의 철학자 마르틴 하이데거는 우리가 '존재'의 의미를 이해하고 스스로의 삶을 설계할 때, 비로소 '고유한 존재'가 된다고 주장했다. 그는 자신의 명저 《존재와 시간》을 통해, 인간을 "현존재"이면서 동시에, 또한 "죽음을 앞둔 존재"라고 우리에게 주장한다. 그는 우리가 죽음과 유한성을 자각할 때, 비로소 진정한 고유한 존재가 될 수 있다고 강조한다. 그는 이 개념을 통해, 우리의 유한한 생명이 우리에게 던져주는 존재의 고유함을 우리에게 일깨웠다.

죽음은 우리가 피할 수 없다. 하지만 죽음은 또한 그저 '인생의 마지막 단계'의 의미가 아니다. 지금, 이 순간을 좀 더 의미 있게, 좀 더 자신답게 살아가게 해 주는 강력한 인생의 조건이며, 인생의 장치다. 우리는 우리가 결국 죽음을 맞이해야 하는 존재임을 자각하고, 이해할 때 비로소 고유한 존재로서 살아갈 수 있다.

하이데거는 죽음은 또한 인간에게 하나의 가능성을 제공해 준다고 생각했다. 인간은 죽음을 자각함으로써, 즉 자신이 죽어야 하는 유한한 존재라는 사실을 인식함으로써, 자신의 삶을 좀 더 가치 있게, 진지하게, 진정성 있게, 살아가기 때문이다. 죽음의 인식을 통해, 우리는 삶의 고유를 회복할 수 있고, 타인의 시선이나 세상이 만든 사회적 규범에 얽매이지 않을 수 있다.

우리에게 주어진 생명은 그것의 마지막인 죽음을 통해, 고유하게 살도록 이끈다. 즉 생명과 죽음은 연결되어 있으며, 그 결과 우리는 고유한 존재로서 인생을 살아갈 수 있게 된다.

현대 사회는 끊임없이 남과의 비교를 부추긴다. 우리가 늘 휴대하고 있는 휴대폰은 이것을 더욱 강화한다. 인터넷과 SNS는 하루에도 수십 번, 수백 번씩 우리를 타인과 비교하게 만든다. 이런 세상에서 우리에게 가장 필요한 것이 고유한 삶을 살아가게 해 주는 삶의 고유다.

현대 사회는 우리의 독특한 생명력을 짓밟고, 망가뜨린다. 심지어 고유함을 잃어버린 삶을 살게 하여, 우리의 삶의 존재 이유를 망각하게 하고, 급기야는 우리를 잃어버리게 한다. 하지만 고유함을 잃어버리는 삶, 세상과 타인이 만들어 놓은 규범

여섯 가지 유를 가져라

과 기준은 우리의 고유에서 시작된 진짜 우리의 삶이 아니다. 그것은 고유한 명령을 거스르는 삶에 불과하다.

고유한 생명은 고유하게 살라고 하는 명령이라는 사실을 강조한 철학자 중에 한 명은 바로 "실존은 본질에 앞선다."라는 말로 유명한 장 폴 사르트르다. 그는 자신의 명저《실존주의는 휴머니즘이다》를 통해 다음과 같이 주장한다.

"인간은 스스로 무엇인가가 되기로, 결정한 대로 존재하며, 스스로가 설정한 것 이외에는 아무것도 아니다."
"사람은 이끼나 부패물이나 꽃양배추가 아니라 무엇보다도 주관적으로 자신의 삶을 이어나가는 하나의 지향적 존재다. 이 지향 이전에는 아무것도 있을 수 없고 하나의 뚜렷한 그 무엇이 있을 리 없다. 그래서 사람은 먼저 되고자 지향한 그것이다."

"인간은 스스로 만들어가는 존재이지,
이미 다 만들어진 존재가 아니다."

그렇다. 우리가 삶의 고유를 회복해야 하는 이유가 이것이다. 우리는 태어날 때 이미 정해진 존재가 아니기 때문이다. 우리는 자신의 선택과 결정을 통해 스스로를 만들어가는 존재이다. 즉 그의 말을 빌리자면, '인간은 존재한 후에 스스로를 정의해야 하는 존재'이다. 그 과정이 바로 삶의 고유를 찾는 과정이며, 동시에 고유한 삶을 살아가는 것이다. 그래서 사르트르는 우리의 존재가 본질을 결정하고, 앞선다고 주장했다.

우리는 우리가 어떤 존재가 될 것인지, 끊임없이 고민하고 선택해야 한다. 그 선택이 당신의 본질을 결정하고, 당신의 삶을 이끌기 때문이다. 사르트르는 자신의 또 다른 명저 《존재와 무》에서 다음과 같은 중요한 사실을 우리에게 일깨워주었다.

"존재(실존)는 본질에 앞선다. … 인간은 먼저 세상에 던져진 후, 스스로를 형성해 나간다."

그렇다. 이 문장이야말로, 삶의 고유를 잘 드러내는 표현이다. 인간은 태어날 때, 본질이 정해지지 않았다. 우리는 삶을 살아가면서, 선택과 행동을 통해, 우리의 고유한 본질을 선택하고, 고유한 자아와 고유한 자기만의 삶을 창조해야 한다. 동시에 이런 삶이 가능한 유일무이한, 고유한 존재이다.

여섯 가지 유를 가져라

당신의 존재 가치늠
삶의 고유가 결정한다

"남을 따라가지 말고, 스스로 길을 찾아라."

위대한 철학자 소크라테스의 이 말을 우리는 기억해야 한다. 우리는 자신의 고유함을 발견할 때, 비로소 그 누구도 따라 할 수 없는 인생을 살 수 있기 때문이다. 이는 진정한 의미에서 우리를 자유롭게 하며, 무엇보다 자신의 존재 가치를 드높인다.

인간은 스스로 창조 해가는 존재다. 그것은 자신만의 고유함을 찾는 길이며, 그 길은 단순한 자아실현을 넘어, 세상을 더 깊이 이해하고, 더 크게 바라보는 능력을 갖추는 것 이상으로, 세상에 하나뿐인 자신의 존재 가치를 드높이는 행위다.

노벨상 수상자 엘리 위젤은 "삶은 질문이다. 해답을 찾기 위해 사는 것이 아니라, 그 질문을 품고 살아가는 것이다"라고 말했다. 위대한 인물들은 자신이 던진 질문에 대한 해답을 세상 속에서 찾는 대신, 자신 안에서 답을 찾아냈다. 삶의 고유를 발견하는 길이 바로 이것과 같다.

갈릴레오 갈릴레이는 당시의 세계관을 뒤집어, 새로운 우주의 진리를 제시하는 자기만의 고유를 발견하고 찾았기 때문에, 자신의 존재 가치를 드높였고, 마리 퀴리는 남성 중심의 과학계에서 자신의 고유한 연구 철학을 통해, 두 번의 노벨상을 받으면서, 과학의 새로운 지평을 열면서, 자신의 존재 가치를 드높였고, 소크라테스는 아테네의 거리에서, 끊임없이 질문을 던짐으로, 자신만의 고유를 발견하여, 철학의 아버지라는 칭호를 얻고, 자신의 존재 가치를 드높였고, 흑인 인권 운동가 로자 파크스는 용기를 내어, 버스 좌석에 앉는 것을 통해 자신의 고유한 권리를 지키는 선택을 했고, 그것이 인류 전체의 권리를 다시 정의하는 기폭제가 됨으로써, 자신의 존재 가치를 드높였다.

프리드리히 니체는 "누군가의 길을 따라가는 건 쉬운 길이

여섯 가지 유를 가져라

지만, 그 길에서는 진정한 자유를 찾을 수 없다"라고 했다. 그렇다. 우리는 남이 만들어 놓은 길을 걷는 대신, 스스로 길을 만들어가야 한다. 그것이 삶의 고유를 발견하고, 세상에 하나뿐인 자신의 존재 가치를 드높이는 길이기 때문이다.

우리는 위인도 아니고, 평범한 사람인데? 삶의 고유를 왜 찾아야 하지? '먹고살기도 바쁜 시대인데'라고 불평할지도 모른다. 하지만 우리는 카를 융의 이 말을 명심해야 한다.

"인간은 오직 자신이 갈망하는 것에 의해서만
완전해질 수 있다."

_ 카를 융

인간은 생존만을 위해 살아서는 안 되는 고귀한 존재다. 물론 생존이 가장 중요하다. 하지만 그럼에도 생존만을 위해 살아서는 안 되는 숭고한 존재다. 전쟁처럼 지금 당장 생존이 가장 중요한 그런 최악의 순간을 만날 수도 있다. 하지만 그런 환경에서도 존재 의미를 찾았던 이들은 살아남았다. 바로 "죽음의 수용소에서"의 저자 빅터 프랭클 박사다. 극한의 고통과 환경 속에서도 인간은 존재의 의미와 가치를 발견할 수 있는 고귀한 존재라는 사실을 그는 인류에게 알려주었다.

인간은 단순한 존재가 아니다. 인간은 완성을 향해 나아가는 위대한 존재다. 그리고 그것은 삶의 고유를 발견하고 찾는 것을 통해 가능하다. 자신의 고유한 삶을 발견하고, 그 안에서 스스로 실현해 나갈 때, 우리는 비로소 완전한 존재가 된다. 카를 융이 말했듯이, 우리는 우리 안에 있는 갈망을 통해 성장하고 변화해 가는 존재다. 진정한 변화와 성장은 자신만이 가지고 있는 삶의 고유를 발견하고 찾는 과정에서만 가능하다.

프랑스 철학자 앙리 베르그송은 "시간이 흐르는 게 아니라, 인간이 그 시간을 살아가고 있다"라고 했다. 우리는 시간이란 이름 아래 사라지는 존재가 아니다. 우리가 그 시간을 선택하고 창조하는 존재다. 고유함을 찾는다는 것은 바로 내가 선택한 시간, 내가 선택한 길을 통해 나만의 인생을 완성해 가는 것이다.

필자의 코칭 센터 대표실에는 유일하게 그림이 두 작품 걸려 있다. 그 두 작품 중 하나가 에드워드 호퍼의 작품이다. 그의 그림 속 인물들은 고독 속에서도 고유함을 상징한다. 그들의 고독은 인간이 스스로 자신을 발견하는 가장 위대한 순간이며, 그 순간이 바로, 인생 속에서 홀로 서게 되는 순간, 그 안에서 자신을 찾아가는 과정이 시작되는 순간이다. 이 순간이야말로, 진정한 자신만의 고유가 시작되는 순간이다. 이 그림을 통해 우리는 자신만의 색채, 자신만의 고유를 발견하는 그 순간이 가장 자유롭게 되는 순간임을 깨닫게 된다. 인생의 어느 순간도 남들과 똑같이 살아가기를 멈추고, 자신만의 길을 걷는 자만이 진정한 자유를 누릴 수 있다.

삶의 고유를 찾는다는 것은 자신의 존재 가치를 드높이는 것이며, 그것은 세상과 맞서는 것이다. 세상은 끊임없이 획일적인 성공 기준을 제시한다. 학교, 직장, 결혼, 안정된 삶, 행복 등 말이다. 그러나 그 기준을 따라가다 보면, 우리는 우리 자신을 잃게 된다. 이것이 의미하는 것은 하나다. 자신의 존재 가치가 땅바닥에 떨어진다는 것이다.

세상이 정해놓은 틀 안에서만 살아가려는 자는 결국 자신을 배신하게 된다. 노벨상을 받은 소설가 가브리엘 가르시아 마르케스는 자신만의 고유한 이야기를 창조했고, 그의 고유한 세계는 인류의 의식에 깊은 영향을 끼쳤다. 그는 현실과 환상을 넘나들며, 인류의 보편적 감정을 다루면서도 그 누구도 흉내 낼 수 없는 자신만의 고유하고, 독특한 방식으로 세상을 바꿨다. 그의 성공은 남들이 걸어온 길을 따라가는 대신, 자신의 고유한 길을 걸었기 때문에 가능했다. 그는 자신의 고유를 발견하고 찾았기 때문에, 자신의 존재 가치를 드높일 줄 알았던 인물이다.

삶의 고유함을 찾는 것은, 우리 자신이 무엇을 진정으로 원하는지, 무엇을 갈망하고 있는지를 끊임없이 묻는 과정이다. 프리드리히 니체는 "누군가의 길을 따라가는 건 쉬운 길이지만, 그 길에서는 진정한 자유를 찾을 수 없다."라고 말했다. 남이 만든 길을 걷는 대신, 우리는 스스로 길을 만들어가야 한다. 그 길이 삶의 고유를 발견하고 찾는 길이다. 그 길에서 우리는 진정한 자유와 성취를 얻게 된다. 무엇보다 세상에 하나뿐인 자신의 존재 가치를 드높이게 된다.

삶의 고유를 찾는 사람은 자신의 존재 가치만 드높이고 끝나지 않는다. 그 길은 결국 세상을 변화시키고, 세상의 가치도 드높이게 된다. 그러므로 프리드리히 니체의 이 말을 기억하자.

여섯 가지 유를 가져라

"우리가 자신을 발견하는 순간,
우리는 비로소 세상을 변화시킬 수 있다."

그렇다. 프리드리히 니체의 이 말에 100% 동의한다. 세상을 변화시키고, 세상의 가치를 드높인 위대한 발견과 창의적 사고는 모두 고유한 삶을 추구한 사람들, 즉 자신의 고유를 발견하고 찾은 사람들에 의해 이루어졌기 때문이다. 우리는 이런 사람들을 아이콘이라고 부르기도 한다.

스티브 잡스(Steve Jobs), 프리다 칼로(Frida Kahlo), 에드가 드가(Edgar Degas), 살바도르 달리(Salvador Dali), 앙리 마티스(Henri Matisse), 앤드류 와이어스(Andrew Wyeth),

프레디 머큐리(Freddie Mercury), 밥 딜런(Bob Dylan), 찰리 채플린(Charlie Chaplin), 지그문트 프로이트(Sigmund Freud), 에릭 클랩튼(Eric Clapton), 앨리슨 플레밍(Alexander Fleming), 마사 그레이엄(Martha Graham), 이사도라 던컨(Isadora Duncan) 등 수많은 이들이 자신의 고유를 발견하여, 세상을 변화시키고, 아이콘이 되었다.

세상과 타인이 제시하는 길이 아닌, 자신만의 고유함을 발견하고 세상을 바라보는 방식을 혁신적으로 바꾸며, 예술의 경계를 넘어 새로운 가치를 창조하고, 세상을 바꾼 이들 중 한 명이 프리다 칼로와 이사도라 던컨이다.

그녀의 삶은 끊임없는 고통의 연속이었다. 어린 시절의 교통사고는 그녀를 평생 육체적 고통 속에 가둬두었지만, 그녀는 그 고통을 고유한 예술적 표현으로 승화시켰다. 자신의 신체적 결함과 심리적 상처를 그녀만의 독특한 색채와 상징으로 풀어내며, 전 세계의 미술사에 새로운 장을 열었다.

프리다는 사회적 통념이나 남성 중심의 시각에서 벗어나, 여성의 몸과 감정을 화폭에 담았다. 자기 고유의 시선으로 세상을 바라본 그녀는 고통 속에서도 자신만의 존재 가치를 발견하며, 세계에 강렬한 메시지를 남겼다. 프리다 칼로가 없었다면 현대 미술에서 여성의 고유함을 이토록 깊이 있게 탐구하는 새로운 시각은 탄생하지 않았을 것이다. 그녀는 고통을 예술로 변환시킴으로써, 인간의 고유한 정체성을 표현한 예술의 아이콘이 되었다.

이사도라 던컨은 발레의 정통과 규범을 깨고 자기만의 고유

여섯 가지 유를 가져라

한 자유로운 춤을 창조한 인물이다. 그녀는 기존의 엄격한 발레 동작에서 벗어나, 자연스러운 움직임과 자유로운 영혼을 강조했다. 던컨은 춤의 패러다임을 바꾸어 놓았다. 그녀는 세상이 만들어 놓은 규칙에서 벗어나, 자신만의 고유를 발견하여, 춤을 인간의 내적 감정과 본능에 충실한 표현 수단으로 바꾸어 놓았다. 그녀는 자기만의 독특한 동작을 통해 인간의 고유한 자유를 찬미하며, 무용의 새로운 비전을 제시했다.

그녀는 남성 중심의 규율과 형식에서 벗어나 여성의 자유로운 영혼을 춤으로 표현했다. 던컨의 춤은 억압과 통제에서 벗어난 인간의 고유한 자유를 상징한다. 예술의 경계를 넘어 인간의 본질에 대한 새로운 해석을 불러일으켰다. 그녀의 고유한 춤은 자유와 해방을 상징하며, 그녀의 고유는 자신을 현대 무용의 창시자로 만들어 주었다. 그녀는 예술의 아이콘이 되었다.

삶의 고유를 발견하고 찾는 것은 선택이 아니다. 그것은 당신이 진정으로 가야 할 길이다. 그것은 당신에게 주어진 유일한 명령이다. 그것은 세상에 하나뿐인 자신의 존재 가치를 드높이는 길이다. 그것은 세상을 변화시키는 유일한 길이다. 삶의 고유를 가진 사람은 결국 자신과 세상, 모두를 변화시킬 수 있는 유일무이한 존재가 된다.

인생은 단순히 '좋은 삶'을 사는 것을 넘어, 위대한 삶을 향한 여정이어야 한다. 세상의 많은 사람들은 '좋음'에 만족하며 살아간다. 하지만 자신만의 고유함을 찾는 사람들은 위대한 삶을 향한 여정을 떠난 이들이다. 이들은 타인의 기대나 사회가 제시하는 기준에 휘둘리지 않고, 자신의 고유한 목소리와 방향을 따른다. 자신만의 삶의 고유를 발견하고 찾는 여정을 통해 무엇보다 자신의 존재 가치가 높아지고, 세상을 변화시킬 수 있게 된다.

삶의 고유를 찾는 여정은 단순히 좋은 삶에서 멈추지 않는다. 우리는 좋음에 머무르지 않고, 자신만의 삶의 고유를 찾는 과정을 통해, 끊임없이 나아가야 한다. 삶의 고유를 찾는 과정을 통해, 우리는 위대함에 도달할 수 있기 때문이다. 이 길이야말로 평범한 존재가 위대한 존재로 바뀌는 유일한 길이 아니고 무엇이겠는가? 이 길이야말로 당신이 가야 할 길이 아니고 무엇이겠는가?

당신은 고유한 존재다. 남의 발자국을 밟는 것이 아니라, 당신만의 길을 개척해야 한다. 그 길이 험난할지라도, 그 길을 걷는 순간 당신의 존재 가치는 확실해진다. 세상에 수억 명이 살아도, 당신과 똑같은 사람은 없다. 이 고유함이야말로 당신의 진짜 가치를 만든다. 자신만의 길을 개척하는 사람만이 자신의 존재 가치를 증명할 수 있다. 세상은 수많은 길이 있지만, 진짜 중요한 건 당신이 누구도 걸어보지 않은, 당신만의 길을 찾는 것이다.

고유한 삶이란 남과 다르게 사는 것이 아니다. 자신의 본질을 찾아 그것을 삶으로 표현하는 것이다. 고유한 삶이야말로 세상에 남길 수 있는 가장 위대한 유산이다.

사실상, 가장 중요한 것은
자유가 아니라 고유다

"내가 예술가라고 생각하는 사람이란 삶을 살아가면서
스스로 성장하고 있는 사람들, 자기가 쓰는 힘의 근원을
알고 그 위에 자신만의 고유한 법칙을 쌓아 올리는 것을
꼭 해야 한다고 느끼는 사람들을 말한다."

_ 헤르만 헤세 《삶을 견디는 기쁨》 중에서

사실상, 가장 중요한 것은 자유가 아니라 고유다. 자유는 빙
산의 일각에 불과하다. 자신의 고유와 정체성을 깨닫고, 그것
을 획득하는 과정에서 수면으로 보이는 것이 자유이다. 자유는
그것이 억압되었을 때, 가장 중요하게 느껴진다. 하지만 고유는
반대다. 고유는 사라졌을 때, 그 중요성을 깨닫지 못한다.

여섯 가지 유를 가져라

자유는 외부의 속박에서 벗어나고자 하는 기본적인 권리와 존재 가치라면, 고유는 내면의 속박에서 벗어나고자 하는 더 중요한 특권이며, 가치 이상의 그 무엇이다. 니체가 '너 자신이 되어라.'라고 말했을 때, 그것은 자유가 아닌 고유를 이야기하는 것이다.

우리가 우리 자신의 진정한 가치를 발견하고, 우리 자신이 되는 것이 바로 삶이 고유다. 이것은 자유와 또 다른 개념이다. 자유는 우리로 하여금 무엇이든 될 수 있게 해 주는 가능성이고, 배경이라면, 고유는 그 가능성을 통해, 참된 자아를 발견하고, 진짜 자아를 만나서, 세상에 하나밖에 없는 자신만의 길을 갈 수 있게 해 주는 원동력이며, 추진력이다.

남들과 다른 삶을 살고, 자신만의 정체성을 확립하는 것은 삶의 고유가 이끈다. 자유로운 삶은 인간으로 가장 필요하고 소중한 삶이다. 하지만 각 개인이 지닌 독특한 특성, 정체성, 개성, 자신만의 사고방식과 감정, 경험, 의식을 다 포함한 자신만의 인생을 살아가는 것은 단순히 자유를 누리는 것과는 차원이 다른 이야기다.

자유와 고유는 밀접하게 연결되어 있다. 마치 몸과 마음처럼 말이다. 하지만 몸과 마음이 다른 것처럼, 자유와 고유는 다른 개념이다. 자유는 인간에게 필수적인 요소다. 하지만 고유가 없다면, 자유는 완벽한 꽃을 피울 수 없다. 고유는 단순한 자유의 확장 개념이 아니라, 인간이 비로소 자기 자신이 되게 해 주는 유일한 개념이다.

자유는 우리가 다양한 선택을 할 수 있게 해 주고, 다양한 삶을 살아갈 수 있게 해 준다. 고유는 세상에 하나뿐인 우리만의 본질적인 특성을 드러내며, 그로 인해 우리 삶을 더욱더 의미 있고 가치 있게 만들어 준다. 자유는 그것이 억압받았을 때는 가장 인간에게 필요한 것이지만, 그것이 쟁취되었을 때는 그것보다 더 중요한 고유를 쟁취할 수 있게 해 주는 든든한 토대가 되어 준다.

우리가 멋진 구조물을 지을 때, 든든한 반석이 필요한 것처럼 말이다. 구조물이 흔들리지 않도록 받쳐주는 반석이 자유라면, 세상에 하나밖에 없는 고유한 구조물이 바로 고유다. 자유는 어쩌면 고유한 삶이라는 구조물을 짓기 위해 필요한 반석과 같은 존재다. 그래서 자유는 하나의 수단이다. 인간다운 삶을

여섯 가지 유를 가져라

살아갈 수 있게 해 주는 수단 말이다. 하지만 고유는 우리가 최종적으로 추구해야 할 삶의 결과물이자, 삶의 목적이다.

삶의 가치와 의미는 우리가 마음껏 자유를 누리는 데 있는 것이 아니다. 그 자유라는 수단을 통해 자기 자신만이 고유를 발견하고, 그것을 실현하는 데 있다. 그래서 자유보다 더 중요한 것은 고유다. 자유를 누리는 많은 사람이 전부 의미와 가치가 있는 좋은 삶을 사는 것은 아니다. 자유가 넘쳐서 자기가 무엇을 하면, 살아야 할지 방황하면서, 인생을 낭비하는 사람도 많기 때문이다. 고유는 그런 자유 속에서 자기만의 삶과 정체성을 발견하고, 세상에 하나뿐인 고유한 삶의 길을 걸어가게 해 준다. 그런 점에서 자유보다 고유가 더 중요한 가치가 있다.

물론 자유는 목숨을 걸고 쟁취해야 할 만큼 중요한 가치다. 하지만 자유를 쟁취한 후에는 우리가 그것에 머물러서는 안 된다. 자유 다음의 가치, 자유와 다른 '진정한 의미의 또 다른 자유'를 위해 우리는 전진해야 한다. 바로 그것이 삶의 고유다.

삶의 고유는
당신의 전부가 되어야 한다

'삶의 고유는 당신의 전부가 되어야 한다.'

이 말은 단순히 남들과 다르게 살아가라는 뜻이 아니다. 그것보다 더 큰 의미가 있다. 삶의 고유가 당신의 전부가 되어야 한다는 말은 남과 다른 삶의 고유성이 당신의 존재 이유가 되게 해야 하고, 삶의 목적이 되어야 하고, 당신의 인생에서 가장 중요한 핵심 가치와 의미가 되어야 한다는 말이다.

삶의 고유는 당신이 누구인지, 무엇을 위해 살아야 하는지, 어떤 방향으로 살아가야 하는지를 알려 주는 나침반과 같다. 고유가 없다면, 세상과 타인이 정해놓은 기준과 방식을 그대로

　　　　　　　　　　　　여섯 가지 유를 가져라

따라가게 된다. 그것은 진정한 당신의 삶이 아니라, 세상과 타인의 삶에 불과하다.

삶의 고유를 가지는 것은, 당신의 삶을 온전하게 당신이 주체적으로 살아가게 해 준다. 삶의 여정에서, 자신의 고유한 가치와 본질을 발견하고, 그것을 중심으로 진짜 자신답게 살아가는 것이 삶의 고유가 당신의 전부가 되는 길이다.

세상의 부나 명예가 당신의 전부라면, 당신은 쉽게 흔들리고, 당신의 삶을 잃어버리게 된다. 당신은 존재하지 않고, 세상의 부나 명예가 당신을 대신하게 된다. 그것은 세상의 부나 명예에 잠식당하는 것과 다를 바 없다.

거대한 파도와 같은 세상의 부나 명예에 우리가 잠식당하게 되면, 그때부터 우리는 더 이상 삶의 고유를 가질 수 없게 된다. 거대 자본주의 사회에 많은 이들이 물질의 노예가 되어, 돈을 더 많이 버는 것에 집중한다. 그 결과 사람들은 자신만이 고유한 삶보다는 경제적 이익을 위해 끝없이 자신을 착취하게 된다. 그 결과 우리는 인간성을 상실하게 되고, 자신을 기계나 도구처럼 만들어 버린다. 기업이나 사회가 요구하는 생산성과 효율성의 수단이자 도구가 되어, 이익 창출을 위한 존재로 전락하게 된다.

지금 우리가 살아가고 있는 사회는 한 마디로 무한 경쟁사회다. 무한 경쟁사회에서 삶의 고유는 더욱더 중요하다. 경쟁사회에서는 늘 개인의 삶과 고유성보다는 경쟁이 우선시되기 때문이다. 끊임없이 남들과 비교하고, 더 높은 수익 창출과 성과를 내기 위해 자신을 몰아붙이게 된다.

경쟁사회가 우리에게 선사한 것은 비교하는 삶의 방식이다. 늘 타인과 비교하면서 자신이 뒤처지고 있지는 않은지, 불안과 강박 관념에 시달리게 된다. 불안과 강박 관념은 삶의 고유성을 박탈하고 상실하게 만든다. 물질적 성공과 성과에 목을 매게 하여, 삶의 균형이 무너지게 되고, 결국 번아웃(Burnout) 상태에 이르게 된다. 이런 상태는 무엇보다 공허함과 상실감을 느끼게 되고, 결국 삶의 만족도와 자존감은 떨어지고, 자신을 불행하게 만든다.

세상과 타인의 기준과 평가에 휘둘리는 삶은 고유한 삶을 방해하며, 우리는 이런 상태에서 진정한 삶의 의미를 발견할

여섯 가지 유를 가져라

수 없고, 세상에 하나밖에 없는 자신을 잃어버리게 된다. 타인의 삶은 당신의 삶이 아니다. 그것을 흉내 낼 필요도 없고, 그렇게 해서도 안 된다. 그런 삶은 그 어떤 의미도 가치도 상실하게 된다.

삶의 진정한 의미는 삶의 고유에서 시작된다. 각 개인의 인생은 유일무이한 경험이다. 삶의 고유란 각 개인이 갖고 있는 독특한 경험과 감정을 가지고, 자신이 주인이 되어 살아내는 자신만의 삶, 그 유일성을 기초로 한다. 세상과 타인의 주장과 의견을 존중하되, 자신의 주장과 목소리를 잃지 않아야 한다.

각 개인의 삶은 그 자체로 특별하며, 의미와 가치가 있다. 이런 사실을 삶에 적용하여, 자신만의 길을 가는 것, 그것이 삶의 고유를 잃지 않는 길이며, 자신의 진짜 모습을 찾아가는 과정이다. 삶의 고유는 인간에게 가장 중요한 가치이며, 존재의미며, 본질이다.

고유는
자신을 발견해 나가는 길이다

"인생은 자신이 발견하는 것이지,
타인의 모방에서 얻어지지 않는다."

_ 랄프 왈도 에머슨

에머슨의 말처럼, 우리는 자신만의 길을 찾아야 비로소 진정한 삶을 살 수 있다. 그런 점에서 고유는 자신을 발견해 나가는 가장 확실한 길이다.

고유를 찾는다는 것은 자신의 개성을 인정하는 것을 넘어, 세상과 자신을 깊이 있게 이해하고 발견해 나가는 과정이다. 이는 무한한 가능성을 열어주는 열쇠와도 같다. 우리가 남다른

여섯 가지 유를 가져라

생각을 하고, 남들과 다른 길을 가려면, 그 출발점은 바로 자신을 발견하는 것이다. 그것이 삶의 고유다. 삶의 고유는 우리의 인생을 더욱 충만하게 만든다.

미국의 자연주의 작가 헨리 데이비드 소로는 인생을 깊이 있게 살고자 해서, 숲으로 갔다고 말한 적이 있다. 필자는 인생을 더욱 충만하게 살기 위해서는 삶의 고유를 가져야 하고, 그것은 바로 자신을 발견해 나가는 것이라고 말하고 싶다.

인생은 끊임없는 탐구와 발견의 여정이어야 한다. 삶의 고유는 참된 자아를 발견해 나가는 과정이며, 길이다. 삶의 고유가 가장 중요하다고 강조한 철학자 중 한 명이 소크라테스다. 너무나도 유명한 말 '너 자신을 알라'라는 말은 바로 삶의 고유를 회복하라는 말과 같은 맥락이다.

자기 자신을 아는 것은 자신을 발견하는 첫 번째 단계다. 여기서 자기 자신은 한정된 개념이 아니다. 세상과 타인, 우주와 인생의 원리를 다 이해해야, 비로소 자신을 제대로 알 수 있기 때문이다. 하지만 자신을 아는 것만으로는 자신을 발견하기에 부족하다. 앎과 수반되어야 하는 것은 실천이다. 다른 사람의 삶을 살거나, 세상과 타인이 원하는 대로 살아서는 안 되는 이유다. 이것은 시간 낭비이기 때문이다.

"당신의 시간을 낭비하지 마라. 다른 사람의 삶을 사는 데 낭비하지 마라"라고, 한 스티브 잡스의 말처럼, 우리는 시간을 낭비해서는 안 된다. 그는 우리에게 남들과 다른 길을 걸어가라고 강조한다. 삶의 고유는 이처럼 남과 다른 길을 가면서, 자신이 가장 원하는 길을 걸어갈 때 찾을 수 있다. 스티브 잡스가 혁신의 아이콘이 될 수 있었던 것도, 역시 삶의 고유를 그가 찾았기 때문이다.

그는 자신의 자서전을 통해 우리에게 중요한 삶의 지혜를 일깨워주었다.

인생에서 가장 중요한 것은, 타인이 아닌, 바로 당신이 가장 사랑하는 일을 하는 것이다. 그것이 자신을 발견하는 길이며, 삶의 고유를 회복하는 길이다. 그는 자신의 인생에서 가장 큰 후회는 자신이 아닌 '다른 사람의 기대에 부응하기 위해 살았던 시간'이라고 말했다.

"내 인생에서 가장 큰 후회는 내가 아닌 다른 사람의 기대에 부응하기 위해 살았던 시간이다."

다른 사람의 기대에 부응하지 않기 위해 먼저 내면의 목소리에 귀를 기울여야 한다. 다른 사람의 기대가 아닌, 자신이 진짜 좋아하는 것, 자신이 진짜 원하는 것이 무엇인지, 내면을 성찰해야 한다. 내면과 대화하는 것도 좋은 방법이며, 대화는 보통 질문을 통해 시작할 수 있다.

우리는 너무 바쁜 업무와 생활로 자신을 잃어가고 있다. 이제는 스스로에게 이런 질문을 매일 던져야 한다.

"내가 진정으로 원하는 것은 무엇인가?"
"나는 언제 가장 행복하고 만족감을 느끼는가?"
"삶의 고유를 찾기 위해, 내가 실천해야 할 것은 무엇인가?"
"어떤 상황에서 나는 가장 참된 나로 느끼는가?"

진짜 당신을 발견하는 순간은 저절로 오지 않는다. 그것은 끊임없이 스스로에게 질문을 던져야 하고, 해답을 찾으려고 해야 한다. 삶의 고유는 그냥 내가 남과 다르다고 선언하는 것이 아니다. 진짜 자신을 발견하는 길이다. 그렇게 하기 위해서는 세상과 타인이 제시하는 기준과 평가에 흔들리지 않아야 한다.

삶의 고유는 세상과 타인의 평가나 인정에서 발견할 수 없다. 우리가 우리를 있는 그대로, 존재 자체를 인정하는 순간, 우리가 우리 자신에게 솔직해지는 순간, 삶의 고유는 시작된다.

제6장

삶의 향유(享有)

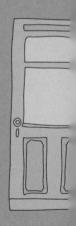

"삶의 지혜는 즐겁고 행복하게 사는 기술이다."

_ 쇼펜하우어

"어리석은 사람은 서두르고, 영리한 사람은 기다리지만,
현명한 사람은 정원으로 간다."

_ 타고르

"삶의 참된 기술은 매 순간을 즐길 수 있는 능력에 있다.
이 능력을 가진 자는 그 무엇에도 흔들리지 않는다."

_ 에픽테토스, 《엥 케이 리디 온》 중에서

여섯 가지 유를 가져라

인생을
누리는 것이다

삶을 향유한다는 것은 인생을 누린다는 것이다. 인생을 누린다는 것은 매 순간을, 있는 그대로 받아들이고, 그 안에 숨겨진 기쁨과 즐거움을 발견하여, 이 순간을 최대한 느끼는 것이다.

인생을 누리지 못하는 이들은 이 순간보다는 더 나은 미래를 위해, 이 순간을 제대로 느끼거나 받아들이지 못한다. 더 나은 내일을 위해 이 순간을 희생한다. 지금보다는 내일에 더 집중하고, 초점을 맞추기 때문에, 지금, 이 순간의 기쁨과 즐거움을 발견할 여력도 없고, 그럴 마음도 없다. 하지만 삶의 매 순간을 누리는 사람은 다르다.

인생을 누릴 줄 아는 사람은 아침에 창문을 여는 순간, 느끼는 상쾌한 공기 한 모금에도 기쁨과 즐거움을 발견할 줄 아는 사람이다. 바쁜 일상 가운데에서도 커피 한 잔을 마시는 순간, 감사와 기쁨을 느낄 수 있는 사람이다. 마음이 맞는 동료와 짧은 대화를 하는 순간에도 동료애와 사랑을 느낄 수 있는 사람이다. 길거리에서 만나게 되는 낯선 사람의 미소에도 따뜻함과 호감을 느낄 수 있는 사람이다. 멋지게 내리는 비 한 줄기에도 삶의 낭만과 여유를 느낄 수 있는 사람이다.

인생은 매 순간을 살아가야 한다는 사실을 잘 알려 주는 책이 있다. 10년간 아마존 베스트셀러로 전 세계 독자들에게 찬사를 받은 책인 에크하르트 톨레의 《지금 이 순간을 살아라》이다. 이 책이 우리에게 선사하는 삶의 지혜는 한 마디로 지금, 이 순간에 오롯이 집중하며 사는 것이 인생을 누리는 길이라는 것이다.

"현재 이 순간만이 우리가 진짜로 살 수 있는 유일한 시간이다. 과거는 이미 지나갔고, 미래는 아직 오지 않았다. 우리의 힘은 오직 지금, 이 순간에 있다."

여섯 가지 유를 가져라

그렇다. 우리는 과거나 미래에 살아서는 안 된다. 지금, 이 순간에 살아야 한다. 우리는 지금, 이 순간에 집중할 때, 비로소 삶의 기쁨과 즐거움을 만끽할 수 있고, 행복하고 즐거운 삶을 살 수 있다. 우리 인생에서 가장 행복할 때는 지금, 이 순간이기 때문이다.

지금, 이 순간에 집중하라고 해서, 인생의 목적이나 큰 목표를 가지거나 이루지 말라는 말이 아니다. 목적이나 목표를 위해, 미래를 위해, 현재인 지금, 이 순간 우리가 누릴 수 있는 삶의 기쁨과 즐거움을 사장해서 버리지 말라는 말이다. 삶의 목적과 목표를 이루기 위해 우리는 살아야 한다. 하지만 그 목적과 목표를 이루기 위해 살아가는 하루하루의 여정을 온전히 누리고 즐기고 향유하라는 말이다.

인생을 누리는 삶은 단순하게 살아가는 삶이다. 세상이 제시하는 기준과 평가에서 벗어나 자신만의 삶을 살았던 헨리 데이비드 소로는 자신의 삶을 통해 우리에게 진정한 삶을 살아가라고 조언해 준다. 그는 단순하게 살아가는 삶이 얼마나 큰 기쁨과 자유를 주는지를 보여 주었다.

"나는 삶을 철저히 살고, 인생의 본질을 마주하고자 숲으로 갔다. 삶이 아닌 것은 무엇이든 몰아내고, 깊이 있고 진정한 삶을 경험하기 위해서였다."

소로는 우리가 복잡한 삶에서 벗어나, 본질적인 삶의 즐거움에 집중할 때, 비로소 진정한 삶을 경험할 수 있다는 사실을 알려 주었다. 인생을 누린다는 것은 복잡한 일상을 단순화한다는 의미와 같다. 단순한 일상은 우리에게 더 큰 기쁨과 즐거움을 발견하고 느낄 수 있게 해 주기 때문이다. 단순하게 사는 것을 통해 우리가 얻을 수 있는 것은 더 많다. 그래서 소로는 우리에게 "단순하게 살아라. 사람들의 삶은 너무 복잡하다."라는 말을 우리에게 했다.

인생을 누리지 못하게 하는 단순한 삶과 반대되는 것들이다. 너무 많은 걱정, 너무 많은 욕심, 너무 많은 집착, 너무 많은 후회, 너무 많은 생각 등은 우리의 삶을 번잡하게 하고, 무겁게 하고, 혼란스럽게 하고, 무기력하게 한다. 그 결과 삶의 매 순간을 오롯이, 제대로, 누리며 살아갈 수 없게 만든다.

인생을 누린다는 것은 비워낸다는 것이다. 내게 정말 필요한 것만 남기고, 삶의 본질에 집중할 수 있게, 불필요한 감정과 생각을 비워내는 순간, 우리는 숨어있던 삶의 기쁨과 즐거움을 누릴 수 있게 된다.

인생은 과제가 아니라, 누리는 축제라고 말하는 이들이 적지 않다. 우리는 그들의 삶의 지혜를 배워야 할 것이다. 아일랜드 출신의 작가이자, 빅토리아 시대 가장 성공한 작가로 손꼽히는 오스카 와일드도 인생은 즐기기 위해 있는 것이라고 말했다.

"인생은 즐기기 위해 있는 것이다. 그것을 깨달은 자만이
인생의 참된 미학을 이해할 수 있다."

_ 오스카 와일드, 《도리언 그레이의 초상》 중에서

로마제국의 16대 황제이자 스토아학파 철학자로 유명한 마르쿠스 아우렐리우스도 인생을 온전히 즐기라고 조언한다. 인생에서 즐거움을 찾는 자가 지혜로운 사람이라고 말이다.

"삶을 사랑하고, 그것을 온전히 즐기라. 인생의 덧없음 속
에서 즐거움을 찾는 자가 지혜로운 자다."

_ 마르쿠스 아우렐리우스, 《명상록》 중에서

영국의 철학자이자 사회사상가, 논리학자였던 버트런드 러셀은 제1차 세계대전 시기에 반전운동을 했고, 그 대가로 6개월간 옥고를 치르기도 했지만, 대학 강의와 저술 활동에 주력하여, 노벨문학상도 수상했다. 그도 역시 인생의 기술은 사소한 것들 속에서 즐거움을 찾는 데 있다고 우리에게 말한다.

> "진정한 인생의 기술은 사소한 것들 속에서 즐거움을 찾는 데 있다. 그 안에 인생의 비밀이 담겨 있다."
>
> _ 버트런드 러셀, 《행복의 정복》 중에서

독일의 철학자이자 문헌학자이자 시인이었던 니체도 삶을 즐기는 자만이 진정한 승리자라고 자신의 저서를 통해 말한 적이 있다.

> "삶을 사랑하라, 그것은 끊임없는 축제와 같으며, 이를 즐기는 자만이 진정한 승리자다."
>
> _ 프리드리히 니체, 《차라투스트라는 이렇게 말했다》 중에서

미국의 사상가 겸 시인이었던 랄프 왈도 에머슨도 인생에서 즐거움을 느끼는 것이 인생 정상에 서 있는 것과 같다고 설

여섯 가지 유를 가져라

파했다.

"자신의 길을 따르며 즐거움을 느끼는 자는 이미 인생의
정상에 서 있다."

_ 랄프 왈도 에머슨, 《자신감》 중에서

인생은 온몸으로 누리고, 향유하는 것이다. 매 순간을 소중
히 여기고, 각 경험을 통해 삶의 진정한 즐거움을 발견하고, 누
려야 한다. 성공과 실패도, 기쁨과 슬픔도, 부와 가난도, 행복
과 불행도 모두 인생의 일부이다. 우리는 인생의 다양한 요소
를 통해 성장하고 발전하며, 진짜 인생을 살아갈 수 있다. 우리
는 경험을 통해 성숙할 수 있고, 삶의 여러 과정을 통해 우리는
더 큰 기쁨과 즐거움을 맛볼 수 있다. 삶의 여러 과정을 통해
인생의 다양함과 깊이를 이해하고, 작고 큰 다양한 즐거움을
누리는 것이 진정한 삶의 의미와 보람을 찾는 길이다.

삶은 단순히 살아가는 것이 아니라, 그 과정에서 나 자신을
발견하고, 세상을 경험하고, 향유하는 여행이다.

삶의 수준과 질을
결정한다

　삶의 향유는 삶의 수준과 질을 결정한다. 삶을 향유한다는 것은 단순히 일상에서 기쁨을 찾고, 순간적인 즐거움을 느끼는 것만을 의미하는 것은 아니다. 삶을 향유한다는 것은 삶의 본질을 깨닫고 진정한 존재 의미와 가치를 기쁨으로 경험하는 것을 의미한다.

　인간의 궁극적인 목표가 행복이라고 고대 철학자 아리스토텔레스는 말했다. 행복은 삶의 본질을 깨닫고 더 큰 목적과 의미를 추구하는 삶에서 비롯된다. 행복을 결정하는 삶의 가치와 의미는 외부에서 오는 것이 아니라, 내면에서 비롯된다. 우리가 삶의 향유를 추구해야 할 이유다.

삶의 향유가 없는 삶을 상상해 보라, 삶의 향유가 없는 삶은 단순히 과제와 의무를 수행하는 데 그친다. 그런 삶의 수준과 질은 어떠할까? 중세 시대 노예의 삶은 바로 이러했다. 자신에게 주어진 과제와 의무를 성실히 수행했다. 하지만 노예의 삶을 수준 높은 삶, 행복한 삶이라고 하는 이는 세상에 없다.

노예의 삶과 반대되는 삶이 주인의 삶이다. 주인의 삶은 자유와 선택권이 주어졌고, 자신의 인생을 자신의 결정에 따라 만들어갔다. 이것이 바로 삶의 의미와 가치를 자발적으로, 기쁨으로 경험하는 삶이다.

당신은 어떠한가? 삶의 향유를 누리는 삶을 지금 살고 있는가? 아니면 중세 시대 노예처럼, 노예의 삶을 살고 있는가?

노예의 삶에는 자아를 발견하고, 자신만의 삶의 의미와 가치를 찾는 일은 불가능하다. 주인의 삶은 이런 것들이 가능하다. 삶의 수준과 질은 물질적인 풍요로움과는 무관하다. 물질적으로 빈곤한 환경에서도 삶의 수준과 질이 높은 삶을 살았던 이들도 적지 않았기 때문이다.

삶의 수준과 질은 외부의 환경, 세상적 성공이나 부가 결정하는 것이 아니다. 그것은 순전히 자신의 의식과 생각이 결정하고 선택한다. 삶의 향유도 마찬가지다. 아무리 부자가 되고, 성공을 해도, 삶의 향유가 없는 인생을 살아가는 이들도 적지 않다.

삶의 향유는 단순한 기쁨과 즐거움만을 누린다고 해고 온전한 향유라고 할 수 없다. 진정한 향유는 자아를 발견하고, 자아를 이끌고, 자아를 완성해 나가는 데 있다. 자아를 발견하고, 자아를 이끈다는 것은 어떤 것일까? 그것은 자신에게 완전한 선택권이 있어야 한다는 말이다.

자율성과 선택권이 주어진 삶과 그렇지 못 한 삶을 비교해 보라. 삶의 수준과 질이 높은 쪽은 언제나 전자다. 현대 심리학에서 언급된 자기 결정 이론(Self-Determination Theory)을 살펴보면, 인간은 자율성과 선택권 등이 충족될 때, 가장 높은 삶의 질을 경험하게 된다고 한다. 즉 외부의 좋은 환경이나 높은 성공이 아닌 자신의 선택과 결정 등과 같은 자율성이 보장되어 자신의 삶을 자기가 스스로 결정할 수 있는 환경이나 조건이 삶의 만족도를 높인다.

여섯 가지 유를 가져라

자기 결정 이론(Self-Determination Theory, SDT)은 심리학자 리처드 라이언(Richard Ryan)과 에드워드 데시(Edward Deci)가 1970년대에 개발한 이론이다. 이 이론은 개인이 자신의 행동과 선택을 스스로 결정할 수 있는 결정권의 중요성을 강조한다. 우리들은 자율성을 느낄 때, 우리들의 내적 동기가 활성화되고, 이것은 우리 자신을 제대로 이해하고, 성장하게 만들어, 진정한 행복과 삶의 만족을 경험하게 해 준다고 한다.

이 이론은 개인이 자신의 행동과 선택을 스스로 결정할 수 있는 결정권의 중요성을 강조하면서, 인간의 세 가지 기본 욕구로 자율성, 유능감, 관계성을 언급한다. 이 세 가지가 충족될 때 내적 동기가 활성화되고, 이 과정을 통해, 삶의 질과 행복과 만족감을 향상한다고 설명한다.

그렇다. 우리는 스스로 선택할 수 있는 자율성과 삶을 주도적으로 헤쳐 나가고 결정할 수 있는 결정권이 보장된 삶이야말로 진정한 향유를 누릴 수 있다. 우리의 삶은 선택의 결과라고 할 수 있다. 즉 우리 삶을 결정하는 것은 우리의 선택이다. 이런 선택을 스스로 하지 못한다면 그것은 삶이라고 할 수 없다.

삶의 향유란 세상과 타인이 제시한 기준과 규칙을 따르고, 부와 성공과 같은 외부의 삶의 조건을 채우는 것이 아니다. 그것은 존재 이유와 삶의 목적을 발견하고, 자아와 내면의 성장을 통해 진정한 삶의 의미와 행복을 찾는 과정에서 나타난다. 이는 삶의 수준과 질을 높이는 근본적인 필수 조건이며, 가장 중요한 원동력이다.

마르쿠스 아우렐리우스는 명상록에서 "삶의 향유는 내면의 평화와 고요 속에서 발견된다."라고 말했다. 진정한 삶의 향유와 행복은 외부 환경이 아닌 내면의 상태에 기인함을 그도 강조했다. 삶의 향유는 삶의 수준과 질을 결정짓는 핵심 요소다. 이는 단순히 물질적인 조건이 아닌, 정신적, 감정적, 사회적 만족감이 종합적으로 포함된 개념이다.

삶의 질(quality of life)은 하나로만 결정할 수 없다. 생각보다 다양한 요소에 의해 결정된다. 건강, 경제적 안정, 사회적 관계 등 외부적인 요인들도 무시할 수는 없다. 하지만, 이러한 외부적 요소들이 개인의 행복에 미치는 영향보다 내면의 평화와 만족감, 심리적 안정과 무엇보다 삶의 존재 가치와 이유에 대한 명확한 인식과 목적의식, 자율성과 결정권 등과 같은 내부적 요소가 삶의 질에 미치는 영향이 더 크다.

빅터 프랭클은 자신의 책 《죽음의 수용소에서》에서 "인간의 행복은 외부의 상황이 아닌 내면에서 오는 것"이라고 말하며, 외부 요인에 의존하지 않는 내면의 향유가 진정한 삶의 질을 높인다고 주장했다.

삶의 향유는 외부적 환경이나 조건보다는 내면적, 감정적 경험과 밀접하게 연결되어 있다. 긍정적 감정과 의미 등은 삶의 질을 높이는 중요한 요소다. 긍정심리학의 창시자인 마틴 셀리그먼도 최근작 《플로리시》에서 행복을 구성하는 다섯 가지 요소를 제시했다.

그가 제시하는 행복을 구성하는 다섯 가지 요소인 긍정적 감정, 몰입, 인간관계, 의미, 성취는 모두 삶의 향유와 직접적인 관련이 있다고 할 수 있다. 예를 들어, 긍정적 감정을 경험할수록 사람들은 삶의 질과 만족감이 높아진다고 느낀다. 또한 몰입이라는 내면의 상태를 통해 자기 효능감을 느끼고, 행복감이 향상하게 된다. 또한, 인간관계의 질은 삶의 향유를 더욱 깊게, 넓게, 풍요롭게 느끼게 만들어 준다. 성취와 관계는 개인의 정서적 안정감과 만족감을 증가시키며, 이는 전반적인 삶의 질과 수준을 높인다.

삶의 향유는 신체적 건강에도 긍정적인 영향을 미친다. 여러 연구에서 긍정적인 감정과 삶의 만족감, 행복감이 면역 체계와 심혈관 건강에 유익하다는 결과를 알려 준다. 삶의 만족도가 높고, 긍정적인 정서를 가진 사람들은 스트레스에 대한 저항력이 강하고, 만성 질환의 발생률이 낮다는 연구 결과가 있다.

삶의 향유는 삶의 수준과 질을 결정짓는다. 우리는 삶을 어떻게 향유하느냐에 따라 삶의 질과 수준이 달라진다는 사실을 인식해야 한다. 삶의 향유는 외부적인 조건과 성취보다는 내면적인 요소들이 더 큰 영향을 준다는 사실을 알아야 한다. 우리는 삶의 향유를 통해 지속 가능한 행복을 추구할 수 있고, 삶의 이유와 존재 목적을 발견하고, 자아를 이끌고 완성해 나갈 수 있다.

여섯 가지 유를 가져라

인생 최고의 지혜다

인생 최고의 지혜는 무엇일까? 위대한 철학자마다, 학자마다, 서로 다른 답변이 나올 것이다. 다양한 답변에 필자도 하나를 더 추가하고자 한다. 인생 최고의 지혜는 욕심과 집착을 버리고, 지금, 이 순간을 즐기고 누리는 것이다. 인생은 그렇게 길지 않고, 세상의 모든 권력과 부귀를 차지했다고 해도, 그것을 누리면서 살아갈 수 있는 세월이 그렇게 길지 않다.

인류 역사상 가장 지혜로운 사람이자, 최고의 부귀영화를 다 누린 사람 중에 한 명인 솔로몬은 자신의 저서인 《전도서》를 통해 세상의 모든 부귀영화가 헛된 것임을 강조했다. 욕심과 집착이 강한 사람은 부와 명예, 권력과 명성을 끝없이 차지하기 위해 마음의 여유가 없고, 오롯이 기뻐하거나 즐길 수 없다. 솔로몬은 인생 최고의 지혜에 대해서 이런 말을 남겼다.

"사람들이 사는 동안에 기뻐하며 선을 행하는 것보다
더 나은 것이 없는 줄을 내가 알았고."

우리는 왜 기뻐하지 못할까? 우리는 왜 선을 행하지 못할까? 욕심과 집착 때문이다. 욕심과 집착이 없는 사람은 주어진 것에 만족할 줄 안다. 만족할 줄 알면 감사와 기쁨이 흘러넘치게 된다.

인생 최고의 지혜를 깨닫게 해 주는 것은 아이러니하게도 죽음이다. 우리 모두는 언젠가 죽는다는 것을 상기할 때, 지혜로운 사람이 될 수 있다. 이 세상의 모든 것들이 헛된 것인 이유가 바로 이것이다. 우리가 천년만년 살 수 있다면, 권력과 부귀는 헛되지 않을 것이다. 하지만 우리는 정상적인 사회생활을 100년도 하지 못한다. 오히려 돈이 너무 많고, 권력이 많으면, 죽음이 더 무서워진다.

평생 돈을 버는 일에 자신의 모든 시간과 노력을 투자한 사

여섯 가지 유를 가져라

람이 나이 70이 되어 억만장자가 드디어 되었다. 하지만 10년도 누리지 못하고, 생을 마감하게 된다. 70대의 나이는 아무리 돈이 많아도, 세계여행을 마음껏 할 수 없다.

젊은 사람은 하루 종일 여행하고 돌아다닐 수 있지만, 70대, 80대는 그렇게 할 수 없다. 눈도 침침하고, 기력도 쇠약해진다. 신체도 여기저기 부실해지고 약해진다. 지혜로운 사람은 평생 삶을 즐기고 누리는 사람이다. 생계를 위해 일을 해야 하는데 어떻게 삶을 즐기고 누리라는 말인가?

욕심과 집착을 버리면, 마음에 평안과 기쁨이 생기고, 현재를 즐길 수 있다. 자기에게 주어진 삶의 형편과 처지라는 경계 너머로 나가려고 하지 말고, 부귀영화에 너무 집착하거나 욕심내지 말고, 주어진 하루하루를 감사하며 충실하게 사는 것이 현재를 즐기는 것이다.

책을 쓰고 있는 지금, 이 순간에도 전쟁터에서 생사가 오가는 이들이 한 두 명이 아님을 우리가 생각하게 된다면, 지금, 이 순간에는 최소한 전쟁이 일어나지 않는 한국에 지금 살고 있다는 사실만으로도 우리는 감사와 기쁨이 넘쳐날 수 있다.

욕심과 집착이 없는 사람은 자신에게 주어진 환경과 형편에 맞게 열심히 일하고, 그 대가로 얻는 보상으로 맛있는 것을 먹을 수 있고, 하고 싶은 일을 할 수 있는 일상이 인생에 가장 큰 기쁨이라는 사실을 깨닫게 된다.

"사람마다 먹고 마시는 것과 수고함으로 낙을 누리는 그것이 하나님의 선물인 줄도 또한 알았도다."

신이 인간에게 준 선물은 하루하루 열심히 살고, 그 대가로 낙을 누리는 것이다. 이것에 만족하고 즐거워할 수 있는 사람은 인생 고수다. 《도덕경》에도 욕심과 집착을 경계하는 문장이 있다.

"만족할 줄 알면 욕됨이 없고, 멈출 줄 알면 위태롭지 않다."

그렇다. 우리에게 주어진 삶에 만족하고, 지금 처한 환경에 만족하고, 지금 가지고 있는 물질에 만족한다면, 그 사람은 충분히 낙을 누릴 줄 아는 사람이다. 이런 사람이 삶의 향유를 갖춘 자이다.

여섯 가지 유를 가져라

"전도자가 가로되 헛되고 헛되며 헛되고 헛되니
모든 것이 헛되도다."

그렇다. 솔로몬의 이 주장처럼 세상 모든 부와 권력, 명예와
영광, 쾌락과 영화가 다 헛된 것이다. 그래서 이웃이 땅을 사도
배가 안 아플 수 있고, 누군가가 큰 명성을 얻어도 진심으로 축
하해 줄 수 있다.

"나는 인간의 모든 불행은 단 한 가지 사실, 즉 그가 방안
에 조용히 머물러 있을 줄 모른다는 사실에서 유래한다
고 종종 말하곤 했다."

파스칼의 《팡세》에 나오는 문장이다. 욕심과 집착이 있는
사람은 더 부자가 되고, 더 성공하고, 더 유명해지고, 더 큰 쾌
락을 위해 방안에 조용히 머물러 있을 수 없다. 그 결과 세상의
많은 불행이 닥쳐오게 되는 것이다.

삶의 본질에 가깝다

삶의 향유는 삶의 본질에 가깝다. 삶은 향유하고 누리고 존재하는 것이지, 어떤 것을 소유하고, 가지는 것이 아니다. 당신이 평생 노력해서 소유하고 가진 것은 당신의 것이 아니기 때문이다.

삶의 향유는 우리의 존재를 확장시키고 고양시킨다. 스피노자의 말처럼 말이다.

"기쁨은 우리의 존재를 확장시키고, 고양시키는 것이다."

삶의 본질은 소유나 완벽함에 있지 않다. 삶의 본질은 소유

　　　　　　　　　　여섯 가지 유를 가져라

하지 않아도, 존재하는 것이며, 완벽하지 않아도 살아가는 것이다. 불완전함 속에서도 삶의 의미와 가치를 발견하고, 삶의 기쁨과 즐거움을 경험할 수 있는 존재가 삶의 본질에 가까운 사람이다.

우리에게 큰 울림은 준 책인 《소유냐 존재냐》를 보면 이런 사실을 더욱더 확실하게 알 수 있다.

〈구약성서〉의 주요 주제 중 하나는 "네가 가지고 있는 것을 떠나라! 모든 속박으로부터 너 자신을 풀어라! 존재하라!"이다.

정말 놀라운 명언이다. 우리가 많은 것을 소유하게 되면, 그것에 속박당한다는 사실을 에리히 프롬은 잘 알고 있었다. 그는 자신의 저서를 통해 우리에게 딱 한 가지를 일관되게 강조한다. 바로 존재하라는 것이다.

삶의 본질은 소유가 아니라, 존재를 통한 누림이며, 향유다. 존재를 통한 누림과 향유는 과거나 미래에 절대 불가능하다. 즉 과거에 대한 후회나 미래에 대한 걱정은 삶의 본질과 먼 이야기다. 지금 이 순간을 온전히 살아내고 향유하는 것이 삶의 본질에 가까운 것이다.

인생을 살면서 가장 많은 부와 명예를 차지한 사람이 아니라, 가장 많은 순간을 향유하고 진정으로 느낀 사람이 삶의 본질에 더 충실하다고 할 수 있다. 루소는 《에밀》에서 이와 비슷한 말을 한 적이 있다.

> "가장 오래 산 사람은 가장 나이 들어 죽은 사람이 아니라 인생을 잘 느끼다 죽은 사람이다."

니코스 카잔차키스는 우리 인생이 소유가 아니라 존재임을 잘 알고 있었다. 그는 《그리스인 조르바》를 통해서도 이런 사실을 이야기했고, 자신의 묘비명에도 이런 말을 남겼다.

> "나는 아무것도 바라지 않는다. 나는 아무것도 두려워하지 않는다. 나는 자유다."

세상의 부와 명예, 권력과 영광, 쾌락과 영화에 집착하는 사람은 두려움이 많을 수밖에 없다. 그것을 차지하지 못할까 봐 두렵고, 그것을 차지하게 되면, 그것을 잃을까 봐 두렵다. 욕심과 집착이 있는 사람은 바라는 것도 너무 많다. 10억을 소유하게 되면, 그다음은 100억이다. 100억을 소유하게 되면 그다음은 1,000억이다. 엄청난 부와 명예를 소유하게 되면, 그 순간 그것들에 속박당하게 되고, 마음껏 자유 할 수 없다.

삶의 본질은 소유가 아니라 존재며, 성공이 아니라 향유다. 삶의 본질은 미래에 있지 않고, 현재에 있다. 지금 이 순간을 오롯이 즐기고 향유하는 사람이 삶의 본질에 충실한 사람이며, 최고의 인생을 살아가는 사람이다.

하루를 살아도 나 자신으로 살아야 하는 이유도 이것이다. 소유를 위해 사는 사람은 나 자신을 포기하고, 좀 더 성공하기 위해 희생한다. 성공의 노예가 되는 것이다. 하루를 살아도 나 자신으로 사는 사람은 성공보다 더 중요한 가치를 자신의 존재에 두는 사람이다.

세상이 성공이나 소유가 아닌 존재에 더 가치를 두고 살았던 인물 중에 대표적인 인물이 전국시대 제(齊)나라 출신의 유세가 노중련(魯仲連)이다. 사마천의 사기 열전에 보면 그는 기발하고 계책을 잘 내는 인물이지만, 고고한 절개를 지키며 자기만의 삶을 살았던 인물이다. 그는 성공이나 소유에는 관심을 두지 않았고, 그것을 바라지도 않았다. 그는 하루를 살아도 자신 자신의 신념대로 살았던 인물이다.

조나라가 진나라에 의해 포위되어 위기에 처했을 때 이야기다. 노중련은 조나라의 평원군(平原君)에게 진나라가 제(帝)의 칭호를 사용하는 것이 부당함을 강조하며, 이를 막아야 조나라를 구할 수 있다고 설득했고, 동시에 위나라의 신원연(新垣衍)을 꾸짖으며 진나라의 황제 자칭을 인정하지 못하도록 했다. 그의 설득은 진나라의 철수를 이끌어냈고, 결과적으로 위기에 빠진 조나라를 구할 수 있었다.

평원군은 노중련의 공로를 높이 평가하여, 막대한 보상을 제안했다. 하지만 노중련은 이를 세 번이나 단호히 거절했다.

노중련과 관련된 또 다른 일화다. 연의 장군이 제의 요성(聊城)을 공격해 함락시켰지만, 요성 사람 누군가 그들의 장군을 연에 중상모략했다. 장군은 겁이 나서 요성을 지킨 채 돌아오지 않았다. 제의 전단(田單)이 요성을 1년 넘게 공격했지만 병사들만 많이 죽고 함락시키지 못하고 있었을 때, 노중련은 연(燕)

여섯 가지 유를 가져라

의 장군에게 글을 보내, 도덕과 현실적 판단을 근거로 항복과 귀국 중 하나를 결단하도록 설득하는 편지를 보냈다.

연의 장수는 노중련의 편지를 읽고는 사흘을 울면서 머뭇거리며 결정을 내리지 못했다. 연으로 돌아가고 싶어도 (연왕과) 이미 사이가 벌어져 죽임을 당할까 겁이 났고, 제에 항복하자니 제 사람들을 많이 죽이고 포로로 잡았으니 항복한 뒤 치욕을 당할까 두려웠다. 이에 탄식하며 "다른 사람에게 죽느니 차라리 내 스스로 죽으리라"라 하고는 바로 자살했다. 제의 전단은 마침내 요성을 함락시킬 수 있었다. 이에 노중련에게 벼슬을 내리고자 했지만, 그는 이런 말을 하면서 바닷가에 숨었다.

"내가 부귀한 몸으로 남에게 눌려 사느니 차라리 빈천하지만, 세상을 가볍게 여기며 내 뜻대로 살겠다."

내 뜻대로 살겠다는 것이 바로 자유롭게 살겠다는 것이고, 소유가 아닌 존재로 살겠다는 것이고, 삶을 향유하며, 부귀에 속박당하지 않고 살겠다는 말이다.

음미하는 삶이
진짜다

삶은 제대로 경험하는 자의 것이다. 그런 점에서 음미하며 사는 삶이야말로 진짜 삶이며, 우리가 추구해야 할 삶이다. 순간순간을 온전히 온몸으로 느끼고 음미하는 삶은 단순한 생존을 넘어설 수 있다.

고대 그리스 철학자로, 에피쿠로스 학파의 창시자인 에피쿠로스는 인생을 진정으로 살아가려면 즐겨야 한다고 강조한 쾌락주의자다. 하지만 그가 강조한 쾌락은 육체적인 쾌락이 아니라, 정신적 쾌락이다. 정신적 쾌락이 추구하는 것은 마음의 여유와 평정심이다. 우리가 바쁜 일상에서 삶을 향유하며 살아가는 방법을 잃어버린 것은 삶을 음미하면서 살아갈 수 있는 마

여섯 가지 유를 가져라

음의 여유와 평정심을 놓쳤기 때문이다.

바쁜 발걸음을 잠시 멈추어, 삶을 음미하는 것의 중요성에 대해 강조한 철학자 중의 한 명이 소크라테스였다. "성찰하지 않는 삶은 살 가치가 없다."는 말로, 자신의 삶을 느끼고, 경험하고, 돌아보고 삶의 의미를 찾는 것의 중요성을 강조한 바 있다.

삶을 음미한다는 것은 삶의 본질과 개념, 삶의 내용과 과정을 마음에 새겨서 느끼고, 생각하고 성찰한다는 것이다. 우리가 멋진 셰프가 만든 맛있는 요리를 멋진 식당에서 먹을 때, 맛을 음미하는 것과 같다. 맛을 음미하지 않고, 10분 만에 너무 급하게 빨리 먹고, 식당을 나온다면, 그것은 맛을 음미하면서 먹은 것이 아니고, 아쉬움이 많이 남는다. 인생도 맛있는 요리와 같다. 맛을 음미한다는 것은 음식의 맛과 향기뿐만 아니라 식당의 분위기를 온몸으로 느끼면서 식사하는 것과 같다.

인생은 맛있는 한 끼의 식사 요리와 같다. 시간에 쫓기어 허겁지겁 10분 만에 먹고 식당을 박차고 나올 것인가? 한두 시간 이상 멋진 식당에 머물면서 요리의 향기, 맛, 모양 등 모든 것을 음미하고, 시당의 분위기를 느끼며, 행복하고 충만한 기분을 느낄 것인가? 선택은 당신의 몫이다.

음미하는 삶을 진정으로 제대로 살았던 인물 중 한 명이 헨리 데이비드 소로이다. 그는 자신의 저서 《월든》에서 음미하는 삶을 아주 적절하게 표현하는 말을 했다.

"나는 깊이 살고 싶어 숲으로 갔다."

그렇다. 음미하는 삶은 깊이 사는 삶이다. 순간을 온전히 느끼고 음미하기 위해서는 복잡함을 버려야 하고, 삶의 군더더기를 덜어내야 한다. 삶을 복잡하게 하는 것 중의 하나는 과거에 얽매이는 것과 미래에 대해 걱정하는 것이다. 그래서 많은 이들이 지금 이 순간을 살아야 한다고 강조하는 것이다.

아인슈타인의 말처럼 우리는 매일 삶과 우주의 신비에 감탄하며 살아야 한다. 삶과 우주를 깊이 음미하며 느낄 때, 감탄할 수 있고, 하루하루를 감탄하는 일상이 진짜 삶이기 때문이다. 음미하지 못하는 삶은 공허하고, 불행하다. 음미를 통해 우리는 기쁨과 즐거움, 의미와 가치에 접근할 수 있기 때문이다.

음미하는 삶은 단순히 즐기기만 하는 삶이 아니다. 그것은 삶의 본질을 탐구하며, 매 순간을 온전히 받아들이고 살아내는 것이다. 삶을 음미할 때, 우리는 비로소 존재하는 모든 것의 아름다움과 의미에 눈을 뜰 수 있게 된다. 그것은 삶의 본질과 우리의 존재 가치에 이르게 한다.

진정한 삶이란, 매 순간순간을 충실히 살고, 그 속에서 삶의 본질과 의미, 존재 가치를 음미하고, 누리고 향유하는 것이다. 음미하는 삶의 가치는 내면의 충족과 만족에 있다. 세상과 타인에게 무엇인가를 기대하는 것이 아니라, 자신 안에서 삶의 의미와 본질을 발견하고, 그 속에 담긴 아름다움과 즐거움을 누리는 것이다.

당신의 인생은 결코 어제와 같지 않을 것이다.

"일터로 향하면서 좋은 글귀를 읊조리거나 콧소리로 아름다운 노랫가락을 흥얼거리는 죄수는 도처에 널린 화려한 아름다움과 달콤한 유혹에 심신이 지쳐 있는 사람보다 마음속 깊이 아름다운 것을 간직하고 있는 사람이다."

어떤 고난에도 굴하지 않고, 아이처럼 순수한 마음을 간직한 찬란한 은둔자인 헤르만 헤세는 자신의 저서 《삶을 견디는 기쁨》을 통해 아름다운 문장을 우리에게 전해주었다. 그렇다. 진정한 부유는 마음속 깊이 아름다운 것을 간직하고 있는 사람이다.

우리는 진정 영혼이 건네는 목소리에 귀를 기울여야 한다. 삶의 진정한 아름다움은 그 속에 있기 때문이다. 우리의 삶을 망치는 가장 큰 적은 분주함이다. 그러므로 바쁘게 사는 삶을 경계해야 한다. 헤세는 이런 사실을 가장 잘 알았던 인물 중 한 명이다. 이 책 첫 문장을 보면 아주 잘 설명해 주고 있기 때문이다.

"분주하게 하루를 보내는 것, 그것은 우리의 삶에서 가장 중요한 것으로 여겨지고 있지만, 오히려 그것은 의심의 여지없이 우리의 기쁨을 방해하는 가장 위험한 적이다."

그렇다. 우리는 삶의 참된 기술을 가져야 한다. 에픽테토스의 말처럼, 그것은 매 순간을 즐길 수 있는 능력이다. 매 순간을 즐기는 능력은 저절로 만들어지지 않는다. 위에서 언급한 여섯 가지 유인 삶의 여유, 삶의 사유, 삶의 이유, 삶의 자유, 삶의 고유, 삶의 향유를 가져야 가능하다.

여섯 가지 유를 통해 당신은 결코 어제와 같은 오늘을 살지 않을 수 있고, 오늘과 다른 내일을 살아낼 수 있는 인생 고수로 도약할 수 있을 것이다. 매 순간을 즐기는 사람은 현재에 집중하고, 지금, 이 순간을 온전히 누리고 살아냄으로써, 삶의 질이 높아지고 충만해진다.

"지금 이 순간만이 당신이 가진 전부다."라고 말한 에크하르트 톨레처럼, 우리는 지금 이 순간을 제대로 살아내야 한다. 그것이 삶을 제대로 살아내는 유일한 방식이기 때문이다. 매 순간에 담긴 소소한 기쁨과 삶의 의미를 발견하고, 삶의 본질을 깨닫고, 감사와 즐거움이 충만할 때, 우리는 인생을 제대로 살아가는 것이 된다.

여섯 가지 유를 가져라

초판 인쇄 2025년 5월 8일
초판 발행 2025년 5월 15일

지은이 김병완
발행인 조현수
펴낸곳 도서출판 프로방스
기획 조영재
마케팅 최문섭
편집 문영윤

주소 경기도 파주시 광인사길 68, 201-4호(문발동)
전화 031-942-5366
팩스 031-942-5368
이메일 provence70@naver.com
등록번호 제2016-000126호
등록 2016년 06월 23일

정가 18,000원
ISBN 979-11-6480-266-1 (03810)